오르톨랑의 유령

이우연 소설집

오르톨랑의 유령

초판1쇄 발행 2024년 05월 10일

지은이 이우연
발행인 서정환
펴낸곳 문예연구
주 소 서울시 종로구 삼일대로 32길 36
　　　　(익선동 30-6 운현신화타워) 305호
전 화 (02) 3675-3885 (063) 275-4000
이메일 shianpub@daum.net
출판등록 제2023-000024호
인쇄·제본 신아문예사

저작권자 ⓒ 2024, 이우연
이 책의 저작권은 저자에게 있습니다. 서면에 의한 저자의 허락없이 내용의 일부를
인용하거나 발췌하는 것을 금합니다.
COPYRIGHT ⓒ 2024, by Lee Uyeon
All right reserved including the rights of reproduction in whole or in part in any form.
저자와 협의, 인지는 생략합니다.
잘못된 책은 바꿔 드립니다

ISBN 979-11-983239-4-1 (03810)

값 15,000원

Printed in KOREA

* 이 책은 세종특별자치시와 세종시문화관광재단의 후원으로 발간되었습니다.

오르톨랑의 유령

이우연 소설집

문예연구

들어가며

이 글은 혼자에 관한 글이다. 동시에 혼자일 수만은 없는 것들이 혼자 이상을 원하는 장소들에 관한 글이다. 이곳, 비현실적인 악몽 속에 거주하는 것들은 누군가에게 가 닿기를 간절히 바란다. 그것들은 더럽고 비좁은 틈새에서 불가해한 중얼거림을, 도저히 믿기 어려운 악몽들을 이해할 수 있을 만한 언어로 번역하려 몸부림친다. 그것들은 불가능한 밤을 스스로 번역하고 해석한다. 그 언어가 마침내 누군가에게 전해지기를 간절히 원하면서.

이 글은 유령들이 태어나고 머무는 장소들에 관한 이야기며 그곳에서 짖어대는 소통불가능한 울음이다. 이곳의 목소리들은 감실에서 태어났다. 아직 무한한 밤을 탈출하지 못한 짐승들이 이곳에서 몽유한다. 나는 감실에서 쓰인, 불가능한 언어가 오직 읽히기 위해 무한히 다시 쓰이는 광경을 보고 있다. 친구도 애인도 적도 가질 수 없었던, 오지 않는 늑대를 기다리며 집을 짓고 있는 돼지들이 그들의 검은 울음을 쓴다. 언젠가는 이 집요하고 허망한 갈망이 의미를 가질 수 있을까? 그럴듯한 친구도 미래도, 심지어는 죽음마저도 가지지 못한 것들이 읽히는 날이 올까?

이곳의 짐승들은 혼자에 대해서 이야기한다. 혼자 하는 일들, 바이올린이나 피아노 따위로 혼자 소리를 내고 청소 도구함 속에서 오지 않는 가해자 아이들을 기다리고 속할 수 없는 푸른빛으로 돌진하면서. 홀로 내는 소리는 홀로 사그라든다. 결코 가 닿지 않는다. 둔중하고 차가운 사물들의 등을 치고 사라져버릴 뿐이다. 그런데도 이곳의 조각들은 어떤 소리들을 만든다. 대답하지 않는 작은 개에게 말을 걸고 피아노의 뼈를 으스러뜨릴 듯 두드러대며 바이올린의 현에 베고 싶은 것처럼 손을 날카롭게 미끄러뜨린다.

이런 소리들의 파동 속에서 짐승들은 살아 있다. 그들은 겁을 먹거나 죽음을 결심하고, 절망에 안식한다. 그들은 끊임없이 새로운 것, 그들 자신이 아닌 것에 가 닿기를 원하고 좌절하면서 살아간다. 짐승들이 그런 식으로 살아 있다는 것을 증명할 수 있는 것은 그들 자신뿐이다. 결국 그들은 망상중자이며 그것들의 고독은 사실이 아니다.

그럼에도 그들은 거짓을 닮은 방식으로, 그들만의 진실로서 살아 있다. 짐승들 자신이 그 사실을 잘 알고 있다. 그것을 당신도 알아주기를 바라는 것만이 그들이 희망하는 불가능이다.

차 례

들어가며
04

1장
교실 속의 미로는
새들의 우주를 닮았다
09

2장
그녀는 TV 앞에서 함께
시간을 보낸 여자를 꿈꾸었다
165

1장
교실 속의 미로는
새들의 우주를 닮았다

청소도구함

 소녀는 청소도구함 안에 웅크린 채 눈을 감고 아이들을 기다리고 있었다. 아이들이 그녀를 꺼내주기를, 그녀를 잊어버렸다면 기억해주기를, 떠나갔다면 다시 돌아오기를.
 청소도구함은 죽은 새들로 가득 차 있다. 죽음의 가스로 배가 희고 퉁퉁하게 부어오른 새들. 부리를 벌린 채 알 수 없는 액채를 질질 흘리고 있는. 소녀는 이곳에 갇힐 만한 잘못을 한 적이 없다. 그럴 정도로 미움을 사지도 않았다. 그러나 아이들은 소녀를 이곳에 가두었다. 가두고 다시는 돌아오지 않았다. 어쩌면 돌아올지도 모른다. 그러나 돌아오기 전까지 소녀는 결코 그들이 돌아올지 확신할 수 없을 것이다. 그러므로 그들은 돌아오지 않는다. 결코 돌아오지 않는다. 소녀가 그들이 오기를 바라면 바랄수록 더, 더 돌아오지 않는다.

붉은 혀들이 소녀를 핥는다. 단단한 금속성의 부리가 소녀의 눈꺼풀을 부드럽게 두드린다. 소녀는 이곳이 천국처럼 아늑하고 다시는 돌아갈 수 없는 추억처럼 두렵다고 생각한다. 돌아갈 수 없는 것은 청소도구함 바깥일까 아니면 안쪽일까?

바깥에서 문을 두드리는 소리가 들려온다. 소녀는 어떻게든 그에 답해야 한다고 생각한다. 그렇지 않으면 미약한 소리와 그 주인은 그녀를 두고 사라져버릴 테니까. 모든 것은, 이 비좁은 어둠마저도 그녀의 망상에 불과할지도 모른다. 아마 그럴 것이다. 그녀의 존재는 영원에 대한 믿음처럼 부조리하고 미약하니까. 미약한 존재와 흐릿한 존재감. 아이들은 분명 그녀를 잊었을 것이다. 그녀를 어설프게 미워하던 것마저 잊고 각자의 세계 속에서 낮을 보내고 있을 것이다.

아니, 밤일까?

알 수 없다. 더러운 청소도구함 안쪽에 시계를 선물한 자는 아무도 없었다. 소녀의 앙상한 손목에도. 걸레 쉰내가 진동하는 이 절망적인 세계는 거식증자의 입속만큼이나 우글거리고 창자만큼이나 비어 있다.

소녀는 옷장 속 남자를 떠올린다. 그는 학교 숙제를 위해 썼던 소설 속 주인공이었다. 그녀의 창작물은 천과 먼지로 만들어진 거대한 먼지 구름과 함께 부유했다. 그러나 그는 지금 여기에 없었다. 그는 언제나 혼자였고 지금 소녀도 마찬가지였다.

문을 두드리는 소리는 시곗바늘 소리를 닮았다. 그 소리를 따라 나가라고, 밀어내기만 하면 문은 아무런 저항도 없이 열릴 것이라고 이곳에는 없는 옷장 속 남자가 속삭인다. 소녀는 문을 밀어내는 대신 눈을 감고 추위에 휩싸인 외로움을 더듬거린다.

기다림은 어디에도 도달하지 못할 거야.

새들이 죽은 입을 뻐끔거린다. 살인자의 정체를 고발하려는 것인지도 모른다. 새들은 전부 소녀가 죽인 것이다. 그녀의 셈 속에서, 무용하고 하릴없는 시간 낭비 속에서 새들은 하나하나 죽어버렸다. 그것들이 내지르는 비명을 소녀는 끔찍한 입맞춤과 함께 삼켰다. 퉁퉁한 혓바닥이 소녀의 목구멍을 틀어막는다.

그리고 사라진다.

왜냐하면 모두 처음부터 없던 것이니까. 어쩌면 이 청소도구함마저도. 이 어둠마저도. 다만 그녀만이 악몽 속을 헤매고 있는 것일 테니까. 영원히 비밀로 남을 악몽. 아이들은 오지 않을 것이다. 아이들은 그녀를 기억하지 못할 것이다. 아이들은 문을 열고 나오지 않는 그녀를 이해하지 않을 것이다. 아니, 아이들은 문을 열고 나오는 그녀를 보지 않을 것이고 문을 열지 않고 나오지도 않는 그녀 역시.

기다림은 끝조차 없이 너를 살해할 거야.

살인자 없는 살인. 희생자는 옷장 혹은 청소도구함 속 침묵에 기댄 채 과거가 미래를 휩쓸어가는 것을 가만히 듣고 있다. 마치 공모자처럼. 소녀는 누군가의 품에 안겨 잠들고 싶었다. 하지만 그녀의 의식은 새벽처럼 명료하고 단단하다. 여러 겹의 시제들은 멀미가 날 정도로 섞여들면서도 각각의 부정성을 잃지 않고 있었다. 시릴 정도로 날이 선 저주들. 허공을 향해 침을 뱉는 저주들. 소녀는 누군가에 의해 구해지지 않을 것이다. 아무도 소녀를 구하지 않을 것이다. 그녀 자신마저도.

우리는 결국 만날 수 없을 거야.

음색도 억양도 없는 텅 빈 목소리, 이곳에는 없는 자들의 목소리가 소녀에게 말한다. 소녀는 아직 기다리고 있다. 무한히 반복되는 문장처럼 소녀는 누군가가, 아이들이, 옷장 속 남자가 그녀를 이 찬란한 어둠 속에서 끌어내 주기를 기다린다.

아무도 너를 기억하지 않을 거야.

소녀는 아이들이 소녀에게 입맞춤처럼 퍼붓던 괴롭힘을 떠올린다. 그녀를 날카롭게 베어내던 말들, 그녀만을 배제한 채

둥글게 감싸이던 원의 전해지지 않던 감각, 교복을 축축이 적시던 미지근하고 더러운 물의 감각과 머리칼에 달라붙던 흙먼지의 거칠거칠한 느낌. 소녀는 그것들을 거듭 떠올린다. 그 서글픈 감각들이 그녀를 어루만지고 살해하는 것을 천천히 되씹으면서.

그리고 소녀는 불현듯 한 가지 가능성을 떠올린다. 어쩌면 그녀가 아무도 부르지 않았기 때문에 오지 않는 것일지도 몰랐다. 단지 그녀가 소리내지 않았기 때문에, 그 사소한 일을 하지 않고 미루어 뒀기 때문에 아무도 그녀를 찾지 못하는 것일지도. 그녀가 용기를 내서 말을 꺼내기만 한다면 그들은 그녀를 위해 이곳으로 와 문을 열어줄지도 몰랐다. 도움을 청하지 않는다면 도움을 원하는 자가 있다는 것을, 소리를 내지 않는다면 누군가 어딘가에 살아 있다는 것을 어떻게 알겠는가? 흔적보다 짙은 현재를 소리 내서 부르지 않는다면. 어쩌면 그들은 도와주기 위한 모든 준비가 되어 있을지도 몰랐다. 소녀가 있는 곳 바로 앞에 서서 그녀가 소리를 내기만을 기다리고 있는지도 몰랐다. 그들이 기다림에 지쳐 돌아갈지도 몰랐다. 모든 기회를 놓쳐버리기 전에 소녀는 소리를 내야만 했다. 할 수 있는 말은 무엇이든 해서, 아니, 낼 수 있는 소리라면 무엇이든 뱉어내서 그들을 불러야만 했다.

  마침내 소녀가 입술을 열고 도와줘, 하고 어색하게 잠긴 목소리를 꺼냈을 때 돌아오는 소리는 없었다. 작은 소리는 대답을 얻지도 반향을 불러일으키지도 못했다. 그래도 소녀는 기다렸다. 그녀가 충분히 기다리지 않아서 그들이 오지 않는 것일 수도 있으니까. 시간을 들여 그들이 오는 것을 기다린다면 언젠가 그들은 반드시 도달할 테니까. 그러나 얼마나 기다려야 할지 소녀는 알 수 없었다. 혹시 그들은 소녀를 기다리다가 기다림에 질려서 가버린 것은 아닐까? 소녀가 불러도 닿지 않는 곳으로, 소녀의 작은 소리가 꺾여버린 그 지점 바깥으로. 어쩌면 소녀는 더 큰 소리로 불러야만 하는지도 몰랐다.

  소녀는 도와줘, 하고 더 큰 소리로 말했다.

  침묵.

  돌아오는 것은 없었다. 어쩌면 그들은 소녀의 소리보다 더 먼 곳으로 걸어가는 중일지도 몰랐다.

  소녀는 도와줘, 하고 더 큰 소리로 불렀다.

  침묵.

  어쩌면 그들은.

  소녀는 도와줘, 하고 더 큰 소리로 불렀다.

  소녀는 불렀다. 불렀다. 불렀다. 더 큰 소리로, 더, 더, 더,

더, 더, 더 큰 소리로.

어쩌면 그들은. 아니, 하지만 그들은. 그러나.

어쩌면 모든 소리가, 기다림이, 기대가 망상에 불과할지도 모른다고 소녀는 생각한다. 소녀는 불렀다. 그러나 정말 불렀을까? 정말 그녀의 성대가 울리고 그녀의 목구멍 밖으로, 혀와 입을 훑고 그녀가 들었던 그 소리가 빠져나갔을까? 그녀가 들은 것을 그들이 들을 수 있을까? 아니, 그럴 리가 없었다. 그녀가 느끼는 것을 그들이 느낄 수 없듯, 그녀가 들은 것을 그들이 들을 수는 없는 것이었다. 그것은 터무니없는 착각이고 망상이었다. 소녀는 부끄러움에 온몸이 차게 식어가는 것을 느꼈다. 어째서 그런 착각을 했을까? 어째서 그들이 그녀를 들을 수 있다고, 그녀를 해석하고 그녀를 이해하고 그녀를 구하러 올 것이라고 기대했을까? 마치 그녀의 소리가 의미를 가질 수 있는 것처럼.

아직 오지 않은 것들이 떠나간다.

찢긴 침묵, 훼손된 언어. 소녀는 고개를 들고 이제는 신적이기까지 한 어둠을 응시한다.

마침내 아이들이 도착할 때, 아이들이 더러운 문을 열고 소녀를 끌어낼 때, 아이들이 소녀에게 괜찮냐고 물을 때 소녀는 웃음을 터뜨리며 말할 것이다. 제발, 나한테 말을 걸지 마. 난 죽었으니까. 봐, 내 입이 이렇게 검잖아.

아이들은 웃으며 소녀를 끌어안았다. 혹은 소녀는 그것만을 바라고 있었다.

방안

살인범을 만난다고 해서 두려워할 필요는 없었으니, 어차피 소녀는 혼자였으므로, 그녀의 곁에는, 그녀의 위, 그녀의 옆, 그녀의 앞, 그녀의 뒤와 그녀의 아래, 그녀의 내부와 그녀의 외부, 그녀로부터 먼 곳과 그녀 가까이에는 아무도 없었으므로. 바라지 않는 것도 바라는 것도 아무것도 없었으므로.

미로

　기하학적 미로의 한복판에 소년이 앉아 있다. 미로에 잠시 내려앉은 하얀 새에게 소년은 구걸하듯 말한다. 그를 데리고 바깥으로 날아가 달라고. 새는 소년의 무게를 지탱하고 천국처럼 높은 벽을 날아오를 만큼 자신은 튼튼하지 않다고 말하며 거절한다.
　소년이 애원한다. 잠시면 된다고. 같은 패턴으로 반복되는 이 벽들이 다른 각도, 다른 패턴으로 읽힐 정도로만 떠오르면 된다고. 그가 원하는 것은 그게 전부라고. 여기에서 완전히 빠져나갈 수 있다고 기대하는 것은 아니라고.
　새는 소년의 소원을 이루기 위해서 새의 날개를 빌려야 할 것이라고 말한다. 그러나 날개를 절단하고 다시 접합하기 위해 고통을 감내해야 하는 것은 새다. 소원을 가진 것은 소년이고, 대가를 치러야 하는 것은 새다. 새는 그런 거래는 있을 수 없다고 말한다.

소년은 흐느끼며 자기가 죽을 만큼 원하는데도 안 되느냐고, 팔을 자르라면 팔을 잘라 주고 다리를 자르라면 다리를, 한쪽 눈을 달라면 눈을 뽑아 주겠다고 말한다. 하지만 완벽한 짐승의 아름다움을 갖춘 새에게 그런 무겁고 거추장스러운 부산물들은 아무런 쓸모가 없다.

새는 날아갔다. 소년은 계속해서 울었다.

소년이 계속 울었기 때문에 그 소리를 듣고 새가 돌아왔다. 새는 소년이 아직도 같은 것을 원하고 있는지 궁금했다. 소년은 같은 부탁을 했고 지겨워진 새는 다시 날아갔다.

소년은 계속해서 울었다. 새는 다시 돌아왔다. 새는 다시 날아갔다. 소년은 울고 새는 돌아오고 다시 날아갔다. 소년은 울고 있었고 새는 날아갔고 새는 돌아오고 있었고 다시 날아갔으며 다시, 다시, 소년은 울고 있었다.

소년은 언제나 같은 소원을 속삭였다. 매혹하듯 날카롭고도 어딘가 나직한 어린 짐승의 목소리로. 나는 위로 올라가고 싶어. 한순간만이라도 여기서 벗어나고 싶어. 추락하는 광경이라도 보고 싶어.

그들은 다정한 악몽 같은 시간을 매일 함께 꾸었다. 순간의 파편들은 동화처럼 아름답고 비정했다. 새는 매번 소년의 소원을 거절하고 날아오르면서 부드럽고 붉은 소년의 얼굴을 내려다보았다. 새는 소년이 하염없이 갈망할 때의 얼굴과 절망할 때의 표정, 기다림에 지쳐 뭉그러진 붉은 피부를 알게 되었다. 거절당한, 불가능한 애원을 어떻게든 주워 모아 새로운 풍경을 빚어내려는 어리석은 손짓, 어떤 짐승도 닮지 않은 목소리를, 불가해하고 집요한 욕망으로 울고 짖고 소리치는 탐욕스러운 소리를 알게 되었다. 낮과 밤이 혼재되어 있는 수많은 순간들의 끝에 결국 새는 소년을 사랑하게 되었다.

어느날 소년은 울지 않았다. 아무것도 마시지 않았기 때문에 눈물이 말라버렸는지, 더는 무엇도 기대할 수 없게 되어버려서인지 소년은 더는 울 수 없었다. 눈물의 상실은 울음소리마저 앗아가 버렸다. 소년은 침묵하면서, 눈물도 없이 흐느꼈다. 잠깐씩 침묵을 포기하고 흐느낌을 닮은 말들을 날숨만으로 중얼거리다가 종내에는 조용한 흐느낌조차 없이 침묵하게 되었다.

여느 때처럼 미로 위를 떠돌던 새는 그 침묵을 듣고 황급히 미로 속으로 내려앉으려 했다. 그러나 침묵은 너무도 넓고 깊어서 새는 도저히 어디로 가야 할지 알 수 없었다. 새가 소년을 영원히 잃어버렸음을 깨달을 때까지는 시간이 걸렸다. 이제 새는 소년을 위해 얼마든지 날개를 잘라줄 수 있었지만, 그래서 소년에게 새로운 풍경을 선물해 주고 소년의 울음과 애원 대신 기쁨에 찬 환호성을 들을 수 있었지만, 애원과 거절이 아닌 다른 말들로 이어진 새로운 관계 속을 비행할 수 있었지만, 소년은 보이지 않았다. 미로는 폭풍으로 깊어진 검은 바다처럼 어지럽게 일렁거렸다. 미로 위에서 보는 풍경이 이처럼 검고 어두울 뿐인 것을 알게 되더라도 소년은 기뻐했을까? 새는 한없이 높은 벽 위에서 보이지 않은 소년의 작은 몸을 찾아 헤매며 울었지만 돌아오는 대답은 없었다.

   소원은 이루어지지 않았다.

   새는 앞으로 영원처럼 긴 날을 걸쳐 흐르게 될 어둠의 풍경을 망연하게 더듬으며 생각했다. 소원은 이루어지지 않았다고.

조종실

부기장이 화장실에 가기 위해 조종실에서 나가자마자 기장은 조종실 문을 잠갔다. 당황한 부기장과 승무원들이 조종실 문을 두드리는 가운데 기장은 안내 방송을 시작한다.

지금부터 이 비행기는 태평양에 착륙합니다. 여러분. 저는 지나치게 오래 버텼고 여러분도 그럴 겁니다. 그렇지 않을 수도 있지만 저와는 무관한 일이죠. 만나서 반가웠고 안녕히 계세요. 여러분은 제 비행기에 탄 채로 끝날 겁니다. 우리는 거의 같은 곳에서 죽을 겁니다. 여러분은 제가 선택한 죽음에서 죽는 겁니다. 아, 전 여러분이 저를 거쳐 떠나는 모습을 정말 많이 봐왔습니다. 여러분은 저를 거쳐 떠날 것이고 다시는 돌아오지 않을 겁니다. 그건 지금까지와 같군요.

바다에 착륙시켜보는 건 처음입니다. 바다의 파란색은 하늘의 파란색과는 다르죠. 내려다보이는 파란색은 아름답지 않습니까. 하늘은 비어 있지만 바다는 그렇지 않죠. 하늘에는 충돌할 수 없지만 바다에는 충돌할 수 있습니다. 내려다볼 때마다 저는 여기에 뛰어들고 싶었습니다. 창을 열고 내다보세요. 저기가 우리의 무덤입니다. 저기가 제 목적집니다. 여러분은 제 목적지로 가는 겁니다.

(문을 두드리는 소리. 회유하는 소리. 소리를 지르는 소리. 살려달라고 비명을 지르는 소리. 웃음소리. 울음소리. 노래를 부르는 소리.)

여러분은 제가 선택한 날짜에, 제가 선택한 미래에, 제가 선택한 장소에서 죽는 겁니다! 여러분이 가진 하나뿐인 죽음을 제가 쓰는 겁니다. 아름다워요. 아름다워서 눈물이 나요. 여러분 저는 끔찍하게 실패했고 그건 너무 아름다워요. 솔직히 여러분을 죽여야만 하는 건 아닙니다. 여러분이 없었더라도 저는 바다로 착륙했을 겁니다. 그런데 우연히 여러분이 여기 있고 저는 여러분과 함께 죽는 거예요. 저는 여러분에게 어떤 악의도 가지고 있지 않습니다. 하지만 여러분은 저와 함께 죽습니다. 여러분은 제 이름도 삶의 내력도 모르죠. 저도 여러분을 모릅니다. 알고 싶은 생각도 없습니다. 어쨌든 우리는 여기

내릴 겁니다.

(긴 침묵)

그런데 솔직히 말하면 여러분과 함께 죽고 싶지 않아요. 저는 혼자 죽고 싶습니다. (침묵) 뛰어내리실 분은 여기서 뛰어내리세요. 여기서 탈출하란 말입니다. 여러분의 죽음을 가지고 여기서 도망친다고 해도 쫓아가지는 않을 겁니다. 쫓아갈 수도 없고요.

(소란스러운 소리. 승무원들이 대피를 안내하는 소리.)

제가 실패할 걸 알았어요. 저는 어렸을 때부터 사람을 좋아했죠. 세 살배기 아이가 개미를 좋아하듯이 그렇게 좋아했어요. 공원에 앉아서 사람들이 어떻게 걷고 어떻게 웃고 어떻게 말하는지 한참 관찰하고는 했어요. 하지만 누군가를 원하거나 사랑하거나 미워해본 적은 없어요. 그러니까 아무도 저를 원하거나 사랑하거나 미워하지 않았죠. 저는 사람들과 놀고 싶었지만 사람들은 친구를 원하지 사람들을 원하지 않았어요. 저는 여러분을 원합니다만 여러분이 누구인지에 대해서는 큰 관심이 없어요. 이 비행기는 곧 태평양에 착륙합니다.

(침묵. 긴 침묵. 기장은 아득하게 가까워지는 푸른색을 멍하니 바라본다. 그는 할 수 없다는 걸 안다. 그는 할 수밖에 없다는 걸 안다. 그곳에는 그밖에 없다. 그곳에는 그밖에 남지 않았다. 침묵. 긴 침묵. 돌진하는 푸른색.)

교실

전학을 온 지 얼마 되지 않았던 앨리스는 교실 가장 앞자리에 앉아 있는 단발머리 여자아이를 보았다. 앨리스는 그녀가 수업시간에 자유롭게 일어나 출입하는 것을 보고 놀랐다. 그 외에 수상한 점들.

1. 그녀가 등교할 때 아무도 그녀에게 인사하지 않았다.
2. 아무도 그녀와 눈을 맞추지 않았다. 선생님마저도!
3. 쉬는 시간에 그 누구와도 대화하지 않았다.
4. 급식을 혼자 먹었다.
5. 피구를 할 때 처음부터 금 밖에 있었다.

6. 짝의 얼굴을 그리는 시간에 아무것도 그리지 않았고 아무에게도 그려지지 않았다.

여자아이는 항상 무표정했고 조금 창백했다. 앨리스는 호기심을 느끼고 여자아이에게 다가갔다. 쉬는 시간에 그녀에게 인사하자 여자아이는 잠긴 목소리로 대답했다. 그러나 이어지는 대화에는 아무런 대답도 하지 않았다.
왜 다른 애들이랑 안 놀아?
침묵.
선생님은 왜 너한테 아무것도 안 물어봐?
침묵.
왜 출석도 안 불러?
침묵.
너 말할 수 있잖아.
침묵.
왜 말 안 해?
침묵.
저기.
침묵.
너 유령이야?

앨리스가 여자아이의 귓가에 입술을 붙이고 비밀스럽게 물어보았다. 여자아이는 모르겠다고 작게 대답했다.

유령이 언제부터 유령이 되는지 그녀는 알지 못했으므로.

앨리스는 섬뜩한 한기를 느꼈다. 앨리스는 곧 그녀의 존재를 거북스럽게 느끼게 되었다. 앨리스는 곧 학급에 적응했고 친구들을 사귀었고 그래서 친구들이 하는 방식대로 보고 듣고 말했다. 그래서 친구들이 하는 대로 그녀를 보지 않고 듣지 않고 그녀에게 말하지 않았다. 학기가 끝날 때까지 앨리스는 그녀를 발견하지 못했다. 그녀는 한 번도 빠지지 않고 등교했는데도 그랬다.

다락방

 쥐들과 어울려 놀던 고양이가 기침을 하더니 핏덩어리를 뱉어낸다. 쥐들은 한순간에 그것이 무엇인지 알아차린다. 그들이 가장 사랑하던 어린 쥐의 머릿조각. 그들은 그것을 발견한다.
 어떻게 우리에게 그럴 수 있어? 쥐들의 싸늘한 시선이 말한다. 어떻게 그럴 수 있어?
 고양이는 흐느끼면서 애원하듯 속삭인다. 배가 고팠어. 그 애가 내 앞에 있었고 우리는 망가진 시계장치를 가지고 놀고 있었어. 배가 고프지 않아? 그 애가 물었고 나는 고개를 끄덕였어. 우리는 텅 빈 아파트 방에 있었지. 그 방에 우리가 있었지만 그곳은 텅 비었어. 그곳에 천 마리의 쥐들이 들어찬다고 해도 그곳은 텅 빈 아파트였을 거야.

고양이는 허공에 매달린 독약을 삼킨 거미처럼 경련하며 기침한다. 너희는 정말 더 이상 나를 사랑하지 않는구나. 내 머리를 쓰다듬어주지도 않고 내 이름을 불러주지도 않으니 말이야. 그날 그 애는 내 턱을 다정하게 어루만지면서 내 이름을 불렀어.

고양이는 무엇인가 골똘히 생각하는 듯 침묵한다. 이름, 내 이름이 뭐였지? 너희는 기억나니?

쥐들의 검은 눈.

기억나지 않는구나. 기억나더라도 내게는 말할 생각이 없는 거지. 그 애는 정말 사랑스러웠어. 그렇지만 그 애를 먹고 싶을 정도로 사랑했던 건 아니야. 그 애를 먹었던 건 그저 배가 고팠기 때문이었어.

자네는 조금 더, 늙은 쥐가 무뚝뚝하게 말한다. 그는 조금 전까지만 해도 다정한 늙은 앞발로 고양이의 턱 밑을 쓰다듬어주던 남자다. 기다릴 수도 있었어. 그럼 우리가 너를 위해 육포 조각이든 치즈든 비스킷이든 우유든 무엇이든, 늙은 쥐는 흐느끼며 말한다. 무엇이든 가져다 주었을 걸세. 왜냐하면 우리는 자네를 사랑했으니까.

검고 뜨거운 허공의 눈들.

고양이는 고개를 저으며 말한다. 당신은 이해하지 못하는군요. 나는 그때 배가 고팠어요. 지금 배가 고픈 게 아니란 말이에요. 중요한 건 그 순간 배가 고팠다는 거예요. 나는 무엇인가를 필요로 했고 그 애가 내 앞에 있었어요. 그래서 나는 먹었죠. 이 일은 그 외의 시간과는 아무런 관련도 없어요. 그 애가 내 이마를 부드럽게 쓸어주고 내 이름을 불러주고 내 앞발을 간질이며 농담을 했던 일, 밤새도록 함께 속닥거리며 이야기를 나누었던 일, 꼬리와 꼬리로 허공에 그림을 그렸던 일, 그런 일들은 아무런 관련도 없단 말이에요.

죽은 쥐 아이의 어머니가 낮고 차가운 목소리로 말한다. 넌 우리를 속이려고 했어. 네 뱃속에 무엇이 들었는지에 대해서는 입을 꾹 닫고 우리와 함께 웃고 떠들었지. 난, 우리는 네 뱃속에서 무슨 일이 일어나고 있는지도 모르고 너를 사랑했어.

고양이가 갑작스럽게 귀신처럼 입을 길게 찢으며 웃는다. 당신들은 알 수 없죠. 내가 어떻게 설명해도 이해할 수 없을 거야. 당신들은 내가 진정으로 원하는 게 뭔지 알지 못하니까. 안다고 해도 이해할 수 없을 테니까. 그래도 난 당신들을 사랑해요. 알죠? 나는 배가 고팠어. 배가 고팠다고. 이렇게 말해도 너희는 이해할 수 없을 거야. 절대 이해할 수 없어.

서커스장

 오래도록 서커스에서 일했던 아버지는 폭죽 소리에 귀가 멀고 말았어요. 어머니는 의자보다도 키가 작은 난쟁이었다고 해요. 하루는 그녀가 아버지의 공연을 도와 무대에 섰어요. 붉은 술을 주렁주렁 매단 그녀는 탐스럽고 아름다웠다고 하죠. 사람이 아닌 짐승들에게도 그렇게 보였나봐요.
 무대 한가운데에서 저가 지나가야 할 비좁은 불구덩이를 묵묵하게 지켜보던 사자가 갑자기 몸을 돌려 그녀에게 향한 거예요. 오랫동안 동물원에서 공수해온 죽은 고기만을 먹고 피에로들에게 아양을 떨며 살아왔던 사자에게도 날카로운 송곳니가 있다는 것을 모두가 잊어버리고 있었죠. 사자는 한입에 그녀의 머리를 삼켰어요. 꽃처럼 떨어져나간 그녀의 작고 아름다운 머리를 그 이후로 아무도 어루만질 수 없었죠.

그 사달이 일어나는 동안 아버지는 무대 앞쪽에서 관객들의 커다란 입 속에서 흘러나오는 환호성을 기분좋게 만끽하고 있었어요. 그날, 관객들은 미친 듯이 울부짖었고 난생 처음으로 타인의 열띤 반응 앞에 서 있었던 아버지는 마침내 당신들을 설득하고 말았다는 기쁨으로 울부짖었어요. 그는 농익은 꽃잎처럼 벌어진 입술들에서 그가 상상할 수 있는 가장 아름다운 아리아를 들었어요.

나는 사자의 뱃속에서 태어났어요. 사자의 속살을 조금씩 조금씩, 사자가 남의 살을 빌어먹는 속도보다 조금씩 빠르게 뜯어먹으면서 바깥으로 나왔어요. 내가 그의 배를 찢고 세상에 처음 나왔을 때, 나는 그 사자가 내 어미라고 생각했죠. 사자는 아무런 말도 하지 않았어요. 비명조차 지르지 않았죠. 죽음의 냄새를 기민하게 알아차리고 그의 얼굴을 열성적으로 애무하는 파리를 피해 그의 젖은 눈가를 매만졌어요.

그는 아무런 말도 하지 않았어요.

나는 그의 침묵을 들었어요. 문득 나는 그가 내 어미가 아니라 원수라는 것을 알아차렸지만 그런 건 이제 아무래도 좋다고 생각했어요. 내게 배가 뚫린 짐승, 내가 그의 안에서 몸부림

치고 그의 삶을 조금씩 삼키며 나올 때까지 짖지도 울지도 않고 조용히 그의 삶을 버티며 주저앉아 있던 내 땅을, 무덤을, 죽음을 미워할 수 없다는 것을 알았어요.

  아무도 나를 낳지 않았어요. 내가 그의 삶을 파먹고 제 발로 죽음의 바깥으로 나온 거죠. 아마 내 어머니도 나를 낳지는 않았을 거예요. 난 가지런히 빗어넘긴 머리칼과 기다란 속눈썹 아래 붉게 화장한 입술, 그 모든 얼굴을, 삶을 향해 열린 감각을 모두 잃어버린 어미의, 가장 화려한 미소가 사과처럼 떨어진 어미의 몸 아래에서 배설물과 함께 흘러나왔을 거예요. 유리처럼 말간 죽음이 버리고 떠난 몸, 변해버린 몸, 죽음의 배설물이었어요, 나는. 붉고 어여쁜 꽃이 사라진 줄기였어요. 오물이 묻어 거무튀튀한 오물이었어요. 그래도 나는 발톱도 없는 발가락으로 죽음의 창자를 두들기고 이도 없는 아가리로 죽음의 껍질을 으깨 먹었어요.

  아주 오랫동안. 사자가 저의 죄를 감내하고 숨죽이는 오랜 세월. 사람이 짐승을 도축하고 사육하고 사랑하고 겁간하고 젖을 짜고 새끼를 놓고 질겅이고 버리고 사랑하고 겁간시키고 젖을 짜고 새끼를 먹고 새끼를 먹이는 그 오랜 시간. 사자는 죄를 먹으며 먹히며 기다리고 있었던 거예요. 난 그의 죄를 기생충처럼 파먹고 바깥으로 나왔어요. 그는 내게 속삭여야 할 모든 비난과 후회, 용서를 빌고 용서를 하는 모든 어휘와 울음들을 잊어버렸고 잃어버렸어요.

  내가 그의 속을 조금씩 조금씩 파먹는 동안 그는 모두 잊어버렸어요. 그는 어쩌면 나를 놓던 어미보다, 나를 배설하던 어미보다 더 아팠을지 몰라요. 더 간절히 나를 기다렸을 거예요. 어쩌면, 그녀보다 더 나를 사랑했을 거예요. 어쩌면.

동아리실

초등학교의 바둑 동아리에 처음 들어가던 날, 선생님은 앨리스에게 돌들을 포위하고 집어삼키는 법을 알려 주었다. 이렇게 해서 돌들을 잡아먹고 죽이는 거야.

앨리스는 고개를 끄덕였다.

그녀는 바둑부의 어느 남자아이와 짝을 지어 바둑을 두게 되었다(바둑부에는 남자아이들밖에 없었다. 오직 그녀만이 여자아이였다). 그녀의 돌은 흰색이었다. 그녀는 하얀 돌을 격자판 위에 올렸고 그는 검은 돌을 올렸다. 바둑판에 돌이 떨어질 때 나는 명랑한 소리가 좋았다. 그녀의 돌이 떨어지고 그의 돌이 떨어지는 리듬이 좋았다. 검고 흰 돌들은 그녀가 예측할 수 없는 방향으로 퍼져나갔다. 그녀는 멍하게 그것들이 늘어나고 꺼져 가는 것을 지켜보았다. 그가 그녀의 돌을 한 움큼 집어 가져갔 다. 그녀는 위태롭게 한 개 한 개의 돌을 놓았다.

　그는 그녀를 비웃고 있었다. 너 바둑 정말 못 두는구나.

　그녀는 경멸받지 않으려면 어떻게 해야 하는지, 어느 위치에 돌을 놓아야 하는지 알 수 없었다. 그녀는 아무것도 알 수 없었다. 그녀는 간신히 하나의 돌을 하나의 위치에 놓았다. 그는 그녀의 돌들을 움켜쥐고 빼앗아갔다. 그녀가 잘못 놓은 하얀 돌들은 이제 그의 것이었다. 그녀는 하얗고 검은 돌들이 격자판 위에서 퍼져나가는 형이상학적인 모양을 추상화를 감상하듯 들여다보았다.

　그는 웃다가 곧 완전히 질려버린 얼굴로 선생님에게 말했다. 선생님 얘 너무 못해요. 재미없어요. 짝 바꿔주세요.

　시간이 지난 뒤, 바둑부에서 그녀와 함께 바둑을 두고 싶어하는 아이는 아무도 남지 않았다. 그녀를 비웃기 위해 그녀를 거쳐간 모든 남자아이들은 그녀를 원하지 않았다. 그녀는 직관에 따라 빠르게 바둑돌을 내려놓는 방법을 익혔으나 그녀의 감각은 그녀에게 승리를 가져다주지 않았다. 그녀는 도저히 이길 수 없었다. 그녀는 잘 짜인 책략과 계획으로 미래를 예측할 수 없었다. 그녀는 죽기 위해 몸을 던졌고 기꺼이 빼앗겼다. 그녀는 왜 이겨야 하는지 알 수 없었다. 그녀에게 중요한 것은 승리가 아니라 바둑판 위에 펼쳐지는 불가해한 모양이었다. 그것을 이해할 수 없는 만큼 그것은 매혹적이었기 때문에, 그녀는 바둑을 그만두고 싶지 않았다.

그녀와 함께 바둑을 두고 싶어하는 아이가 한 명도 남지 않게 되자, 그녀와의 바둑은 일종의 벌칙 게임이 되었다. 가위바위보나 바둑 게임에서 패배한 남자아이가 그녀와 바둑을 두게 되었던 것이다. 그들은 그녀를 경멸했다. 넌 생각도 안 하고 두는구나.

그녀의 앞에서 굴욕적으로 그녀의 무능함을 견디던 남자아이가 신경질을 내며 일어나 다른 아이들이 모여 있는 곳으로 갔다. 그들이 그녀를 힐금거리며 수군거렸다. 남자아이들의 키득거리는 소리.

그녀는 모든 것을 감내해야 했다. 그녀는 이길 수 없었으니까. 그녀에게는 이길 생각이 없으니까. 그녀는 이기는 것을 좋아하지 않았으니까. 그녀는 바둑이 좋았으나 도저히 이길 수가 없었다. 그녀는 바로 그 순간에 그녀가 어디에 돌을 놓아야 할지, 어느 공간이 더 돌에게 어울릴지 생각하는 것만으로 벅찼다.

그녀는 끔찍한 무력감을 느꼈다. 혹은, 하얗고 검은 무력감이 그녀를 느꼈다. 그것은 그녀의 피를 느리게 도는 링거액처럼 그녀의 혈관 속에서 속삭였다. 그들은 너를 원하지 않아.

그들은 너를 원하지 않아. 그들은 너를 미워하지도 않아. 너는 그저 웃기고 하찮은 여자아이에 불과해. 멍청하고 무력한 여자아이. 너는 돌들을 이해할 수 없을 거야. 돌들은 네 말을 듣지 않을 거야. 너는 저 애들이 네 돌들을, 네 자리를 **뺏어가**는 걸 막을 수 없을 거야. 바둑판 어디에도 네 자리는 없을 거야. 아무도 너를 들어주지 않을 거야. 저 애들은 네게 관심이 없으니까.

우주

생은 우주보다 깊은 환각이라고 말하고 싶지만 생은 입체가 아닌 평면이라는 걸, 모든 방향으로 끊임없이 증폭되고 복제되는 종이들이라는 걸 당신도 알고 있겠죠.

우주 비행사의 이야기를 더 해볼까요. 토성의 고리 끝자락을 보고 싶어 손가락을 깨물고 유치한 피를 삼키고 유치한 눈물을 흘렸던 사내 이야기를 말이에요. 그가 바랐던 것이 초록색 사과였거나 붉은 흙이었다면 상황이 더 나았을까요? 아무도 그의 꿈을 몽상이라고 비웃지 않았을까요? 어쩌면 사람들은 그를 가여워했을지도 몰라요. 그의 이야기에 눈물을 흘리고 그를 위대한 시인으로 기억했을지도 몰라요. 그는 비극을 살았을지도 몰라요. 하지만 우주에서 토성의 고리를 염원하는 우주비행사라니! 그 소원이 부끄러워 입 밖에 내지도 못했던 사람이라니! 그건 우스꽝스러운 이야기일 뿐이니 누구도 그를 위해 울어주지 않겠죠. 하지만 초록색 사과나 붉은 흙, 토성의 고리 모두 우주에서 정지해 있는, 정지한 상태로 이리저리 떠밀리며 표류하고 있는 사내에게는 꿈만 같은 이야기인데, 영영 닿지 못할 신기루인데, 단지 토성의 고리를 원한다는 사실만으로 그렇게 유치한 인물이 되어버려야 한다니, 가엾지 않나요.

그래요. 그는 가엾지 않아요. 우리는 아무도 동정하지 않으니까. 그것만이 우리가 지닌 장점일 테니까.

빛조차 받지 못하고 어둠 속에 떠밀려가는 오물, 우주복 속에서 형체도 없이 짓무르며 빠져나가는 날숨을 떠올리면 사내는 단단한 땅 위에 서 있는 것 같은 기분이 들었어요. 언제든지 토성의 고리를, 그 무수한 이미지들을 검색하고 하염없이 바라볼 수 있는 지구에 있었다면 토성의 고리도, 토성의 줄무늬도, 얼마든지 볼 수 있었겠죠. 그를 대신해 성공했던 우주선들이 보내온 토성의 울음소리도 얼마든지 들을 수 있었겠죠. 현미경에 눈을 대고 음지식물의 하얀 줄무늬를 바라보듯, 하얀 시체처럼 해 뜬 내내 그 자리에 멈추어 서 있는 샛별을 바라보듯 그렇게 토성의 고리를 바라볼 수 있었겠죠. 누구도 그를 방해할 수 없었을 거예요. 그는 언제나 그의 이미지로 돌아갈 수 있었을 거예요. 하지만 실체를 보기 위해 향했던 검은 우주, 시꺼먼 암흑 속에서 그는 도리어 토성도 그 아름다운 고리도 잃어버리고 만 거예요.

  세상에 그처럼 황홀한 먼지들이 또 있을까요. 무한처럼 광대한 유한 속에는 유리수를 닮은 무리수도 자연수를 닮은 허수도 분명 있을 텐데. 물론 무리수는 영원히 유리수가 될 수 없고 허수는 영원히 자연수가 될 수 없겠지만. 아마 우주에는 우리가 상상할 수 있는 모든 것이, 우리가 알고 있는 모든 것이 있지 않을까요. 그리고 그것들이 하나쯤 더 있다고 해도 이상할 것은 없지요. 우리는 별 어려움 없이 세상에 존재하는 두 개의 토성에 대해 떠올릴 수 있으니까요. 어쩌면 두 개의 토성 중 나머지 한 개에는 고리가 없을지도 모르지만요. 그래도 그런 가능성마저 존재하는 공간이 우주이지 않겠어요. 우주는 우리가 발명한 최대의 공간이니까. 우주는 시간을 모두 공간으로 맞바꾼 공간이죠. 그곳에 우리의 시간은, 흘러가는 시간과 일상은 없지만, 우리의 내부에 존재하는 모든 유한수가 그곳에도 존재할 거라고, 그를 위한 자리는 충분할 거라고 우리는 믿고 있으니까요.

그렇다면 어째서 그는 두 번째 토성 가까이 갈 수 있으리라고 기대하지도 못했던 걸까요. 우주를 한없이 유영하다가 어느 틈에선가 그를 잡아끄는 토성의 인력에 이끌려 추락하면서, 토성의 고리에, 그 황홀한 먼지들에 눈이 먼 채로 죽음으로 건너갈 수도 있었을 텐데요. 생의 마지막 광경을 얼어버린 먼지들로, 살갗보다도 아린 현실로 장식한 채, 자신을 어떤 연인보다도 간절하게 잡아끄는 강인한 중력에 떨어지면서요. 그의 몸에서 썩어가며 현실이 된 토성의 고리들과 함께, 낯선 중력과 함께 돌연히 나타난 시간에 갈기갈기 찢겨 먼지가 되었다면, 이제는 적나라해도 좋은 염원이 조금씩 조금씩 바람에 날려 상승했다면, 그토록 뜨겁게 사랑했던 중력도 토성의 바다도 잊고 다시 그의 염원으로 올라갔다면, 차고 아름답게 얼어붙은 그의 얼굴과 머리칼과 목과 가슴팍, 긴 두 다리와 단단한 팔이 희게 얼어붙은 먼지가 되었다면, 그래서 그가 토성의 고리가 되었다면, 이처럼 눈부신 결말은 없었겠죠. 하지만 그는 이런 상상을 할 수 없었을 거예요. 그는 마음껏 원하지도 못했으니까. 지구를 생각할 때면 물밀 듯이 밀려오는 중력에 대한 열망을, 추락에 대한 기원을, 고리들에 꿰뚫려 처참하고도 황홀한 죽음을 맞고 싶은 욕망을 차마 이미지로 떠올릴 수는 없었을 거예요.

·

그는 우주 속에서 언어를 잊어 갔어요. 그의 내부에는 어렴풋한 이미지만이 말 대신 떠오르곤 했죠. 그가 떠도는 우주를 닮아 흐릿하고 어두운 이미지들만이. 그가 배웠던 우주, 그가 열망했던 우주는 이렇게 어둡고 고즈넉하지 않았는데, 그가 꿈꿨던 우주에는 토성의 고리들이 제 살을 마찰시키며 불렀던 절망적인 노래가 가득했는데, 그가 머무는 곳은 꼭 우주가 아닌 것 같았어요.

어째서 그의 우주는 그토록 비어 있었던 걸까요? 누군가는 우주의 텅 빈, 시간도 추억도 없이 다만 무한처럼 유한한 공간만을 떠올리며 몸을 떠는데, 그들을 위해 준비된 것만 같은 공간에 어째서 그가 있었던 걸까요. 그는 타인의 낯설고 메스꺼운 꿈 속에 버려진 것만 같았어요. 차라리 꿈이라도 꾸었다면. 그가 그의 생을 부당하다고 여겼다면, 그랬다면 그는 분노하며 꿈이라도 실컷 꿀 수 있었을까요. 제 죽음이 부당하다고 느끼는 영혼들이 호시탐탐 삶으로의 복귀를 노리는 것과 마찬가지로요. 삶과 너무나 밀접하게 지낸 영혼들이 투명한 살을 삶과 마찰하며 사는 것처럼요. 삶이 짙게 배어든 영혼들을 종종 살아 있는 사람을 보듯 응시하는 사람들도 있다는 걸 알고 있나요.

나도 귀신을 본 적이 있어요. 정확하게 말하면 듣고 있다고 해야겠지만. 투명한 살이나 꿈 같은 것, 머릿속에서 사내의 눈을 찌르고 귀를 멀게 하는 토성의 고리와 같은 것이 실재하지 않는다고 생각하나요? 썩지 않으면 현실이 아닌가요? 그만큼 사람을 아프게 하고 간절하게 하는데, 목 안쪽을 갈기갈기 찢어놓는 것처럼 우리를 비참하게 앓도록 만드는데.

 난 차라리 그가 토성의 고리를 꿈꾸었다면 좋았을 거라고 생각해요. 미쳐버린 그가 토성의 고리를 차지했다면, 토성의 고리가 되는 환각을 살았다면, 그럴 수 있었다면 그의 삶은 더 절망적이었을 거예요. 그만큼 낭만적인 꿈을 살았겠죠. 난 그의 절망에 위안을 받았겠죠. 그의 절망을 본받고 싶었겠죠.

고래의 뱃속

고래의 뱃속에 갇힌 피노키오는 단단한 내벽에 그림을 그렸다. 그가 알지 못하는 것, 진실을 닮은 어떤 것의 그림. 마녀의 폐 속에서 익사해버린 소녀, 붉은 고래의 노래, 사슴들의 길고 날카로운 이빨, 자살자들이 열매처럼 매달린 여름의 나무들, 마지막 유원지로 아이를 데려가던 부모가 속삭이던 감미로운 거짓말, 눈이 먼 소년이 보는 설국의 풍경. 부러뜨린 코의 나무 조각으로 고래의 살점을 파내며 피투성이 그림을 그리는 동안 피노키오의 코는 점점 길어졌다. 아이는 코를 부러뜨리고 그림을 그리고 다시 코를 부러뜨리는 일을 반복했다.

그동안 아무도 아이를 구하러 오지 않았다. 독한 악취 속에서 천천히 소화되어가면서 아이는 제페토 할아버지를 떠올렸다. 할아버지는 다른 아이를, 피노키오보다 더 진실을 닮은 아이를 만들었을까? 그는 피노키오를 잊어버리고 더는 진실에 집착하지 않게 되어버렸을지도 몰랐다. 종종 노인들에게 찾아오는 퇴색의 순간처럼 말이다. 모든 욕망들이 빛을 잃고 그 깊이를 상실한 채 유치한 평면으로 전락하고 마는.

할아버지는 부드러운 바람의 손길을 맞잡고 산책을 하면서 주름 잡힌 생을 정리하고 있을지도 몰랐다. 더는 비열하지 않아도 되는 행복을 만끽하고 있을지도.

그래도 아이는 할아버지를 기다리고 있었다. 간절하지는 않았다. 그가 오지 않으리라는 걸 알고 있었으니까. 그래도 할아버지가 오기를 바랐다. 그가 온다면 아이는 기쁠 것이었다. 그가 아이를 피투성이 동굴에서 구해주지 않아도 좋았다. 그저 같이 있는 것만으로 아이는 조금 덜 슬플 것이었다. 어쩌면 아무 소용도 없는 그림을 그리는 것을 그만두어도 될지 몰랐다. 아무도 즐겁게 하지 못하는 거짓말을.

거짓말을 했지?

아니요.

넌 거짓말을 했어.

아니요.

할아버지는 웃으며 아이를 쓰다듬었다. 넌 착한 아이야. 네가 아무리 거짓말을 할지라도 네 코는 진실만을 말한단다.

할아버지는 아이의 코를 사랑했다. 진실을 사랑했던 할아버지는 아이의 코를 마치 진실처럼 사랑했다. 단순히 거짓과 거짓 아님만을 구분하는 아이의 조악한 코는 결국 진실이 될 수 없다는 것을, 그가 기대하던 찬란하고 복잡한 세계를 담아낼 수 없다는 것을 알고 있으면서도.

날카로운 나뭇조각이 연약한 살점을 파고들 때마다 고래는 울부짖었다. 아이는 박해자의 집요함으로 계속해서 그림을 그렸다. 순진함이 그려내는 피와 살점투성이의 그림만이 아이의 동반자였다. 길어지는 코, 절단되는 거짓말, 한없이 진실에 가까워지려는 욕망. 아니, 그보다는 진실을 찾아 헤매는 이를 불러들이려는.

아이는 사실 진실에는 큰 관심이 없었다. 아이의 할아버지는 아이의 코를 마치 금을 찾기 위한 미신적인 탐지기처럼 사용했지만 아이는 코가 길어질 때의 끔찍한 허탈감, 부유감과 코가 잘려 나갈 때의 상실감 이외에는 관심이 없었다.

그러나 할아버지는 분명 아직 진실을 향한 집착을 버리지 못했을 것이다. 아이는 그렇게 믿으려 애썼다. 할아버지는 진실을 찾아 떠돌다가 결국 아이가 그린 그림에, 아직은 거짓말이지만 그래도 진실에 가까워지려 하고 있는 이 공허한 장소에 도달할 것이다.

고래가 흐느껴 우는 소리. 붉은 동굴을 울리는 소리는 아이의 울음소리일지도 몰랐다. 고래는 아이를 집어삼켰고 아이를 살해하고 있지만 바로 그 때문에 아이의 소리로 울어야 하는지도 몰랐다. 아이는 고래의 살점을 파내며 회복되지 않을 상처를 깊이 새겨넣고 있다.

고래는 물 밖에서 자신의 영상을 바라볼 수 없을 것이다. 고통에 찬 스스로의 얼굴을 들여다볼 수도, 그 아픔의 이미지와 사랑에 빠질 수도, 나르키소스처럼 자신 속으로 침잠하고 흡수되어서 영원히 하나의 이미지만을 사랑하게 될 수도 없을 것이다. 고래는 그 어떤 이미지에도 빠져 죽는 일 없이 투명한 바다 속을 유영한다. 다만 고래는 듣고 있을 것이다. 끔찍하고 가학적인 고문, 아이의 절박한 장난이 긁어내는 그의 신음소리. 아이, 혹은 고래 자신의. 고래의 거대한 텅 빈 몸을 악기처럼 울리는 울음소리. 돌아오지 않는 반향. 단지 그 속에서 울고 있는. 할아버지는 이 소리를 듣고 찾아올 것이다. 아이는 그렇게 믿어야만 했다. 아이가 진실을 닮은 거짓의 그림으로 연주하고 있는 고래의 절망적인 울음을 찾아, 할아버지는 괴물의 이미지 속으로 헤엄쳐 들어올 것이다.

할아버지는 어디까지 왔을까? 헤엄치다가 빠져 죽은 것은 아닐까? 고래의 이빨에 짓이겨진 것은? 피노키오는 들끓는 불안을 억누르려 애쓰는 대신 그것을 재료로 그림을 그렸다. 따뜻한 절망이 다정한 포옹처럼 아이를 안심시켰다.

교실

여러분 짝꿍이 마음에 드나요?

아니요! 제발 바꿔 주세요! 초등학교 1학년 때 옆자리에 앉은 남자아이는 장난스럽게 소리쳤다.

남자아이의 친구들은 게걸스럽게 키득거리며 웃고 있었다. 나는 못생긴 개다. 그들은 내게서 개 냄새가 난다고 했다. 내 몸의 아토피 자국이 더럽고 징그럽다고 했다. 선생님은 짝꿍 그림을 그리고 짝꿍에 대해 글을 쓰라고 했다. 내 옆자리에 앉은 남자아이는 얼굴이 벌겋게 달아오른, 수포투성이의 퉁퉁한 살덩어리를 그린 뒤 그 아래에 내 이름을 써넣었다.

내 짝꿍은 더럽고 못생겼습니다.

남자아이들은 킬킬거리며 웃었고 선생님은 어쩔 줄 모르며 말했다. 승준아, 친구를 괴롭히면 안 되지. 어떻게 그런 말을 할 수 있니?

선생님의 얼굴은 단단하게 굳어 있었다. 차가운 슬픔이 내 입천장에 들러붙어 있었다. 선생님은 알지 못하지만 내가 못생긴 개라는 것을 알려 준 아이가 그 애뿐인 것은 아니었다. 유치원에서도 아이들은 내가 못생기고 흉측하다는 것을 알려주었다. 개가 개인 것을 알려주는 아이들의 목소리는 침착하고 확신에 차 있었다. 나는 내가 개가 아니라면 무엇인지 알지 못했으므로 내 이름을 받아들였다.

나는 못생긴 개다. 나는 못생겼고 성격이 나쁩니다. 나는 왕따입니다. 내게서는 더러운 냄새가 납니다. 내 염증은 역겹습니다. 나는 역겹습니다. 선생님, 염증이 난 피부를 모두 벗겨내면 친구들이 나를 좋아하게 될까요? 나는 언제나 간지럽고 아픕니다.

쉬는 시간이 되면 짝은 얼굴을 찌푸리며 자리에서 일어서 친구들에게 달려간다. 내 짝에게는 친구들이 있지만 내게는 친구들이 없다. 애들은 내 더러움과 내 가려움이 전염적인 것이라고 생각한다. 내 손끝에만 닿아도 발진이 발갛게 피어오를 것이라고 믿는 것이다. 혹은 믿는 체하는 놀이를 즐기는 것이다. 나를 괴롭히던 아이들은 천사처럼 착한 아이들이었다. 나는 그 애들의 하얗고 단단한 껍질 안에 파고들 수 없었지만 그 애들의 세계 내부는 생크림처럼 부드럽고 달콤했다. 그 애들이 서로를 위해 기도하고 약속하고 눈물 흘리고 축하하는 목소리가 얼마나 달콤했는지, 나는 멀찍이서 엿볼 수밖에 없었다. 물론 내게 허락된 것은 모욕의 뒷면밖에는 없었다. 내게 그 애들은 날카롭고 비정한 가시였지만 서로를 감싸 안은 내밀한 도형 내부에서 그 애들은 천사처럼 착하고 상냥했다.

어째서 나는 그들의 상냥함과 다정함을 허락받지 못한 것일까. 어째서 나는 그들의 달콤한 웃음과 감미로운 눈물을 허락받지 못한 것일까. 그들에게는 나를 끌어안아야 할 의무가 없었고 그들은 나 없이도 얼마든지 선하고 다정할 수 있었다. 나를 사랑하고 아끼지 않았다고 해서, 나를 배제했다고 해서 그들이 비열한 악당이 되는 것은 아니다. 아이들은 순수했고 이기적이었으며 탐욕적이었고 상냥했다. 그들은 그들 도형 내부의 희고 부드러운 그림자에 충실했다. 나는 홀로, 어떠한 도형도 만들지 못한 채 축축한 공중을 부유하고 있었다. 어지러웠고 구역질이 났다.

교실에서 서로의 생일을 축하하며 커다란 케이크를 준비하고 달콤하게 웃으며 노래를 부르는 아이들은 천사처럼 보였다. 고마워, 너희는 정말 착한 애들이야. 너희는 정말 착하고 다정해. 너희는 천사야.

나는 교실 구석에서 그런 말들을 엿들었다. 너희는 최고의 친구야. 너희만큼 착한 애들을 본 적이 없어.

선생님을 위해 편지를 쓰고 케이크를 준비한 아이들, 선생님을 위해 눈물 흘리는 아이들을 보며 선생님은 그렇게 말했다. 너희만큼 착한 애들을 본 적이 없어.

나는 그 애들의 눈물이 가식도 가짜도 아니라는 것을 알고 있었다. 눈물과 다정함은 진짜였다. 다만 그것이 나를 위한 것이 아니었을 뿐이다. 누구나 누군가에겐 냉혹하다. 누구나 누군가에게는 텅 빈 차가운 등이다. 다만 모든 누군가가 내게 있어서 그처럼 차가운 등이었을 뿐이다. 내 외로움과 고통에 책임을 져 줄 수 있는 사람은 없었다.

내가 개라는 것을 알려주었던 아이들도 차츰차츰 사라져갔다. 나는 더 이상 냄새나는 개조차 아니었다.

나는 아무것도 아니었다.

나는 너희가 얼마나 부드럽고 달콤한 심장을 가졌는지 알고 있어. 너희의 포옹에서 나는 눈물 냄새가 얼마나 다정한지도 알고 있어. 나는 알고 있어. 나는 들어서 알고 있어. 나는 너희들의 눈물 냄새를 훔쳐내어 맡았어. 다정하고 시큼한 냄새 때문에 눈물이 날 것 같았어. 친구끼리의 비밀 맹세를 하고 반지를 나누어 끼고 역할 놀이를 하고 같은 티셔츠를 맞추어 입고 서로의 별명과 애칭을 정하고 대자보처럼 커다란 종이에 빼곡이 편지를 써서 서로에게 전하는 너희의 애틋한 다정함을 나는 전부 지켜보았어. 나는 너희들의 다정함과 상냥함을 너무도 사랑했어.

흰색을 태우는 냄새가 교실에서 퍼져 나오고 있었다. 나는 검게 곪은 상처로 뒤덮인 팔등을 책상 위에 올려놓았다. 작년에는 긴 가디건으로 가려졌지만 이제는 아무렇지 않게 바깥에 드러낸. 아무도 조롱하지 않는. 아무도 연민하지 않는. 아무도 함께 앓지 않는, 내 지긋지긋한 염증들. 전염을 걱정하며 도망치던 어린 아이들은 모두 어디로 갔을까? 그 애들은 내 병이 전염적이지 않다는 것을 서서히 알아차렸다. 내가 유해하지 않다는 것을. 나는 언제든 물 준비가 되어 있는 개조차 아니라는 것을.

그 애들은 내 이름을 잊었고 그들이 붙인 내 병명을 잊었고 나를 모욕하는 것마저도 잊어버렸다.

나는 이곳에 있지만 이곳에 있지 않다. 내게는 속하지 않는 이 장소에서 아무도 나를 보지 못하는 것을, 내게서 아무런 냄새도 빛깔도 번져 흐르지 않는 것을 알고 있다. 검은 해변 위에서 희게 번져가는 곰팡이 같은 몸으로 나는 울고 있다. 내가 우는 것을 아무도 보지 않는다. 그토록 다정하고 사랑스럽고 달콤한, 행복하고 아름다운, 천사 같은 너희. 너희는 내게 날개의 안쪽을 허락하지 않았지.
    나는 너희를 원망하지 않는다. 내 우울과 소외의 죗값은 누구도 물지 않을 것이다. 나조차도. 왜냐하면 나는 나를 보는 방법을 잊고 있기 때문이다. 왜냐하면 나는 아직 내가 누구인지 혹은 누구가 아닌지 모르기 때문이다. 곪은 흰색을 태우는 냄새. 종이 위에 희미하게 비치는 반투명 문장들은 이렇다. 나는 너희를 용서할 거야. 나는 나를 용서할 거야. 나는 행복해질 거야. 나는 살아갈 거야.

    유치원 졸업식과 초등학교 졸업식에서 울지 않는 것은 나뿐이었다. 꼭 다시 만나자고 말하지 않은 것은, 너희가 보고 싶을 거라는 말을 듣지 않은 것은 나뿐이었다. 아이들이 얼마나 파티와 축제와 현장학습을 좋아했는지. 수련회와 캠핑을 얼마나 사랑하던지. 나는 내 그림자의 반대 방향으로 발을 질질 끌고 걸으며 아이들이 행복에 겨워 꽥꽥대는 것을 보았다. 어린 오리처럼 꽥꽥거리는 아이들이 얼마나 사랑스러웠는지. 그 애들은 순수한 행복으로 뒤뚱거리고 있었다. 붉고 하얀 풍선들-결코 검은색은 없다-을 커터칼로 난도질하고 연필로 찌르고 발로 짓밟으며 환호성을 지르는 아이들. 곤충의 날개를 짓이기며 버찌처럼 붉게 젖은 입술로 웃던 아이들.

그 아이들이 얼마나 천사 같은지, 얼마나 다정한지 나는 알고 있다. 나는 오래도록 그 애들을 보았고 그 애들의 그림자를 훔쳐내었다. 창문 밑에 몰래 말려 둔 그 애들의 하얀 그림자에서 풍기는 눅눅하고 달콤한 쿠키 냄새. 너희가 서로의 부드러운 몸을 어루만지며 사랑을 나누는 동안 나는 나의 죽음을 생각하면서, 내 곪은 염증들의 냄새를 맡으면서 울었다.

내 책상 밑에 떨어진 피부 부스러기들 쪽으로 검고 반들반들한 파리들이 달려들었다. 붉은 피 찌꺼기가 낀 내 손톱에도, 보석처럼 게걸스럽게 번들거리는 파리들의 붉은 눈이 고문당한 여자의 혀끝에 꽂힌 바늘처럼 촘촘히 맺혀 있었다.

내 가디건 위를 만지며 나를 부른 남자아이가 내게 물었다. 네 팔에 이상한 것들은 뭐야?

난 아토피라고 말했고 남자아이는 걱정스러운 얼굴로 그게 옮는 것이냐고 물었다.

나는 아니라고 대답했다.

그거, 네 목 뒤에도 있어. 알고 있어? 정말 징그러워.

쾌활한 목소리로 털어놓던 그 아이의 얼굴이 얼마나 홀가분

해 보이던지. 쉬는 시간에 나는 화장실로 달려가 구역질을 했다. 나는 빵집 선반에 올려놓은 빵처럼, 희고 푸른 곰팡이가 번진 더러운 빵처럼, 피와 고름이 낀 빵처럼 나를 징그러워 하는 손님들이 구역질을 하도록 바라보고 있어야 했다. 그들이 내 부드러운 살갗을 더듬으며 비명을 지르는 것을. 과학실의 하얀 플라스틱 책상 위에 아이들이 버려두고 간 해부용 쥐의 사체처럼. 죽은 채 벽 위에 매달린 붉은 거미처럼. 종종 구역질을 하는 것은 나다.

너는 옳는 것이니? 물론 나는 옳는 것이야. 너는 살아 있니? 물론 나는 살아 있어. 너는 고통을 느끼니? 물론 나는 아파. 하지만 내가 옳는 것이며 내가 살아 있으며 내가 아프다는 사실을 증명할 수단은 어디에도 없다. 오직 문드러진 내 침묵과 고름투성이의 붉은 몸밖에.

유원지

꿈 속에서 여자는 혈관이 비치는 손처럼 창백한 관람차 쪽으로 향했다. 긴 줄이 모두 줄어들고 관람차 입구로 들어섰을 때 그녀 앞을 두 명의 소녀가 가로막았다. 소녀들의 골격은 확연히 달랐으나 여자는 소녀들이 물고기처럼 닮았다는 생각을 지울 수 없었다.

검은 피부의 소녀가 말했다. 우리는 당신에게 길을 물으러 왔어요.

여자는 소녀의 말이 웃음이 나올 정도로 진부하다고 생각하면서도 되물었다. 무슨 길을 말이니?

붉은 피부의 소녀가 말했다. 그건 우리도 몰라요.

여자는 웃지 않았다. 소녀들도 웃지 않았다. 여자는 소녀들이 제발 그녀를 내버려두기를, 관람차 입구에서 비켜주기만을 바랐다. 그녀는 소녀들에게 해줄 수 있는 일이 없었다.

사람들이 불평하는 소리가 들려오는 듯했다. 그녀 뒤에 서 있는 사람들이 무슨 표정을 짓고 있을지 뒤돌아볼 자신이 여자에게는 없었다. 여자는 시뻘게진 얼굴로 숨을 들이쉬고 내쉬었다. 비명을 지르고 싶었다. 그러나 소녀들은 비키지 않고 서 있었다.

난 길을 몰라. 난 이 놀이공원에 처음 왔고 잘 아는 길도 잘 설명할 수 없는 사람이야. 너희들이 뭘 원하는지조차 모르겠어.

소녀들은 고집스럽게 버티고 서 있었다.

직원이 다가와 여자에게 무슨 일이냐고 물었다. 여자는 소녀들을 가리켰지만 직원은 이해하지 못하는 것처럼 여자에게 다시, 무슨 일이냐고 물었다.

여자는 어떻게 대답해야 할지 알 수 없었다.

이 아이들이 가로막고 있어서 들어갈 수가 없어요. 한참이 지난 후에 여자가 간신히 말했다.

직원은 고개를 저으며 그건 저희가 도와드릴 수 있는 일이 아니군요, 하고 말했다.

왜죠? 여자가 당황해 물었다.

그건, 하고 직원이 말했다. 저희와 무관한 일이기 때문입니다.

하지만, 하고 여자가 말했다. 난 이 애들 때문에 들어갈 수 없는걸요.

직원은 냉정하게 말했다. 지금 들어가지 않으실 거라면 밖으로 나가 주세요.

여자는 곧장 그렇게 하겠다고 말했다.

관람차를 기다리며 허비한 시간은 아무래도 좋았다. 그녀는 당장 이곳에서 사라져버리고 싶었다. 그러나 소녀들과 직원, 관람차와 그녀 뒤의 긴 줄들 때문에 도저히 지나갈 수가 없었다. 불가해할 정도로, 그들 사이에는 어떤 틈도 없었다. 아니, 미세한 틈은 있었으나 그 틈들은 무시할 수 없는 질량을 가지고 도리어 그녀를 강하게 밀어냈다. 그녀가 그들의 몸을 밀어내며 지나가려 해도 그들은 미동도 하지 않았다.

여자는 차가운 표정의 직원에게 말했다. 빠져나갈 수가 없어요.

그러면 지금 바로 관람차에 타세요. 지금 출발하기 직전이에요. 직원이 말했다.

여자는 고개를 저었다. 그녀는 울음을 터뜨릴 것 같았다. 소녀들은 여자를 흉내내듯 서로를 밀치며 장난치고 있었다. 일

그려진 표정들이 여자를 비웃는 것 같았다. 여자는 그녀 뒤에 서 있는 사람들을 향해 소리치고 싶었다. 그녀는 아무런 잘못도 없다고. 그녀는 아무것도 하지 않았고 아무것도 할 수가 없다고. 그녀는 정말, 그들을 불쾌하게 만들 생각이 없다고. 그녀는 그 모든 말들을 울어버리고 싶었다.

그때 누군가 그녀의 등을 밀쳤다. 그녀가 비틀거리자 키득거리는 웃음소리가 들려왔다. 아무것도 하지 못한 채 민폐를 끼치며 서 있기만 하는 그녀를 향한 재촉과 비난의 제스처였다. 여자는 어째서 그녀가 그녀 뒤의 사람들과 함께 그녀를 비웃고 있지 않은지, 그들 일부가 되어 짜증을 내며 관람차를 기다리고 있지 않은지 이해할 수가 없었다.

소녀들이 여자에게 괜찮냐고 물었다.

여자는 토할 것 같다고 말했다.

그럼, 하고 붉은 얼굴의 소녀가 말했다. 우리와 함께 가요. 화장실에 데려다 줄게요.

소녀들이 여자의 양손을 맞잡았고 그제야 여자는 마법처럼 관람차 앞을 빠져나갈 수 있었다. 환호와 야유가 뒤섞인 소리가 그녀의 등을 할퀴었다. 그녀는 여전히 줄을 선 사람들의 얼굴을 뒤돌아 볼 수 없었다.

여자는 소녀들을 따라 누런 타일에 검녹색 이끼가 낀 더러운 화장실에 도착했다. 소녀들이 여자를 칸막이 안쪽으로 밀어넣고 문을 닫았다. 여자는 소스라치게 놀라 문을 열려 했지만 소녀들이 문을 막고 있는지 아무리 밀어내도 문은 열리지 않았다. 그 와중에 화장실 벽을 기어다니는 붉은 벌레와 눈이 마주쳤다는 생각이 여자를 구토하게 만들었다. 악취는 나지 않았지만 여자는 계속해서 구토했다. 여자는 변기 안을 채우고 있을지 모르는 낯선 이의 오물을 보지 않기 위해 눈을 감은 채 구역질을 해댔다. 토사물이 튀었다. 어쩌면 그녀의 얼굴에 튄 오물에는 타인의 배설물도 섞여 있을지 몰랐다. 그런 생각이 그녀를 더욱 격렬하게 구역질하게 만들었다.

마침내 그녀가 텅 빈 내장이 허공에서 고통스럽게 경련하는 것을 느끼게 되었을 때 소녀들은 문을 열어 주었다. 이제 좀 괜찮아졌느냐고 소녀들이 걱정스럽게 물었다.

여자는 고개를 끄덕였다.

잘됐네요, 하고 검은 얼굴의 소녀가 말했다.

이제, 하고 붉은 얼굴의 소녀가 말했다. 우리에게 길을 알려 줘요.

소녀들은 여자에게 대단한 선행이라도 베푼 것처럼 오만하게 굴었다. 어쨌든 관람차 앞의 지옥 같은 상황을 벗어나게 도와준 것은 소녀들이었다. 물론 그 끔찍한 상황이 펼쳐지게 만든 것도 소녀들이었지만. 여자는 소녀들이 이끄는 대로 손을 맞잡고 화장실을 나와 걸었다.

소녀들은 여자의 손이 땀투성이라 끈적거린다고 말하며 웃었다.

여자는 대답하지 않았다. 그녀는 아무런 생각도 없이 걸었다. 생각을 할 수도 없었다. 무엇을 생각해야 할지 알 수 없었으니까. 화병처럼 벌어진 몸뚱이에 만개한 꽃을 매단 유원지의 마스코트들이 물이 찬 풍선을 나눠주고 있었다. 아이들이 해맑게 받아들고 곧장 싫증이 나 쓰레기를 버리듯 그저 손에서 놓쳐버린 풍선들이 침으로 젖은 아스팔트 바닥으로 추락했다. 마스코트가 여자에게 다가와 풍선을 내밀었지만 여자는 양손이 소녀들에게 잡혀 있는 탓에 풍선을 받아들 수가 없었다.

여자는 미안하다고 말하려 했다. 그러나 어렸을 적 앓았던 선택적 함묵증의 영향으로 그녀의 성대가 바짝 조여들었고 그녀의 목에서는 우스꽝스럽게 바람 빠지는 소리밖에 나오지 않았다.

마스코트는 얼굴이 없었지만 그가 불쾌해하고 있음을 여자는 악몽 속의 직감으로 알아차릴 수 있었다. 여자는 그녀에게 오만한 악의가 없음을 알리기 위해 울 것 같은 미소를 지어보이는 수밖에 없었다. 그 어수룩한 표정이 마스코트에게 어떤 해명이 되었는지, 아니면 그저 여자에게 향하던 불쾌함마저 순식간에 잊어버린 것인지 마스코트는 곧 그녀들을 두고 다른 아이에게로 떠나갔다.

소녀들이 여자의 손을 잡아당기며 재촉했다. 이제 어디로 가요?
여자는 다시 걷기 시작했다. 언제까지 걸어야 할지 알 수 없었다. 다행히 그 이후로는 아무도 마주치지 않았다. 그림자가 길어지다 못해 어둠에 스며 사라지기 시작할 무렵이 되어서야 여자는 멈추어 섰다.
소녀들이 물었다. 여긴가요?
너희들은, 하고 여자가 물었다. 버려진 아이들이니?
소녀들은 이해하지 못한다는 듯 되물었다. 버려졌다고요?
누가 너희를 여기 버리고 떠났냐고. 여자가 말했다.
어떻게 그럴 수 있어요? 우리는 누구의 것도 아닌데 어떻게 우리를 버릴 수 있겠어요? 소녀들이 황당하다는 듯 되물었다.
그럼 누가 너희를 돌보지? 여자가 물었다.
아무도 우리를 돌보지 않아요. 붉은 얼굴의 소녀가 말했다.

우리는 서로를 돌보지 않아요. 검은 얼굴의 소녀가 말했다.

우리는 자신을 돌보지도 않아요. 붉은 얼굴의 소녀가 말했다.

그런 건 아무래도 좋아요. 우리는 그냥 어디로 가야 하는지 알고 싶을 뿐이에요. 검은 얼굴의 소녀가 말했다.

여자는 갑작스러운 짜증을 견디지 못하고 여기가 너희가 찾던 곳이라고 말했다.

사실 소녀들의 말처럼 아무래도 좋았다. 그녀는 어디로 가야 할지, 소녀들만큼이나 알지 못했고 그녀가 안내할 수 있는 장소는 세상 어디도 없었다. 그녀는 무지했고 특히 길을 찾는 데는 더 젬병이었다.

소녀들이 물고기처럼 새까맣고 핏줄이 불거진 불그죽죽한 눈으로 여자를 바라보며 물었다. 정말 여기에요?

그래. 여자가 대답했다.

그래요. 소녀들이 대답했다. 고마워요.

여자는 죄책감을 느끼며 고개를 끄덕였다. 이제 난 갈게.

어디로요? 검은 얼굴의 소녀가 물었다. 집으로요? 붉은 얼굴의 소녀가 물었다.

여자는 잘 모르겠다고 대답했다. 그녀에게 집이 있었던가? 있다면 어디에? 그녀가 찾아갈 수 있을까? 집이 있다고 해도,

집으로 가야 하는 걸까? 그녀가 찾는 곳이 정말 집이 맞을까?

소녀들은 웃으며 말했다. 이제 헤어질 시간이에요. 잘 가요.

여자는 소녀들을 따라 손을 흔들고 뒤돌아 걸었다. 다시 고개를 돌렸을 때 소녀들은 없었다. 이상한 일이었다. 유원지는 몇몇 낡은 놀이기구들과 귀신 같은 행인들을 빼면 벌판처럼 황량했는데 소녀들의 모습은 온데간데없이 보이지 않았다. 여자는 길을 걷다 눈이 마주친 사람들에게 물었다. 어디로 가면 좋을까요? 사람들은 여자를 미친 사람 취급하며 멀어져갔다. 마침내 그녀에게 그럴듯한 대답을 해 준 이는 백조처럼 목이 긴 사람이었다.

뭘 좀 여쭤봐도 될까요? 여자가 물었다.

백조를 닮은 사람이 그럼요, 하고 낭랑한 목소리로 대답했다.

전 어디로 가면 될까요? 여자가 물었다.

뭘 찾으시는데요? 하고 백조를 닮은 사람이 물었다.

그건, 하고 여자는 한참 망설이다가 말했다. 저도 잘 모르겠어요.

백조를 닮은 사람은 관람차가 있는 곳으로 가 보라고 말했다.

알겠어요, 하고 대답하고 여자는 거대한 인공 달 같은 실루엣을 향해 걸었다. 이 악몽에서 깨어나기 전에 길을 찾아야 한다는 불가해한 불안감이 그녀를 조급하게 만들었다. 관람차 앞에서 무엇을 발견하게 될지 여자는 정확하게 알 수 있을 것 같았다. 그것은 진부한 이야기가 될 것이었다. 그럼에도 여자는 관람차까지 다다랐다. 예상과 달리 관람차 앞에는 줄이 없었다. 여자는 유일한 승객이 되어 직원의 안내를 따라 관람차 입구 앞에 섰다.

또 왔군요, 하고 직원이 말했다.
아이들은, 하고 여자는 기묘한 희망을 품고 더듬거리며 말했다. 아이들은 어디에 있나요?
당신과 함께 있던 여자애들 말인가요? 직원이 물었다.
그래요. 여자가 말했다.
그 애들은 당신과 함께 가지 않았나요? 직원이 물었다.
여자는 대답하는 대신 관람차에 올랐다. 그녀 앞에는 그녀가 생각하는 자신의 이미지와 거울상처럼 닮은 여자가 앉아 있었다. 여자가 부드럽게 미소지었다. 여자도 눈인사를 하며 마주 웃었다.
관람차가 한 바퀴를 모두 도는 동안 그녀들은 아무런 말도 하지 않았다. 그렇게 그녀들은 관람차 안에 버티고 앉아서 몇 바퀴를 내리 돌았다. 직원도 그녀들을 굳이 쫓아내지 않았다. 여자는 오직 다음의 행선지를 생각하지 않기 위해, 아니, 생각할 수 없기 때문에 관람차 안에 인형처럼 앉아 있었다. 그녀를 닮은 여자가 무슨 생각으로 앉아 있는지는 알 수 없었다. 그녀들은 공전하는 행성처럼 돌면서 이곳이 악몽의 종착역이기를 간절히 바랐지만 결코 그럴 수 없으리라는 것을 그녀들도 알고 있었다. 제발 끝이 찾아오기를, 여자는 탐욕스러운 둥근 달을 향해 빌었다.

이제 당신은 어디로 갈 건가요? 여자가 물었다.

왔던 곳으로 돌아갈 거예요, 하고 여자가 답했다.

저도 그래야 할까요? 여자가 물었다.

그건 저도 몰라요. 여자가 말했다.

그녀들은 짧은 대화를 끝내고 다시 침묵했다. 달을 쳐다보던 여자가 다시 고개를 돌렸을 때 그녀를 닮은 여자는 이미 사라지고 난 뒤였다. 여자도 곧 관람차에서 내려 직원을 붙잡고 절박하게 물었다. 이 악몽에 출구가 있을까요?

직원은 어리둥절해하며 되물었다. 유원지의 출구를 물으시는 걸까요?

그래요. 하고 여자가 말했다.

그런 건 없어요. 직원이 말했다. 가끔 입구로 나가는 사람들은 있지만 추천드리고 싶지는 않군요.

왜요? 여자가 물었다.

당신은 당신이 어디에서 왔는지 기억하나요? 이 유원지에 들어오기 전에 어디에 있었는지 말이에요. 직원이 말했다.

여자는 모르겠다고 답했다.

그건, 하고 직원이 온화하게 웃으며 말했다. 저도 마찬가지에요. 그러니까 여기에 있는 거죠.

여자는 쫓기듯 관람차 영역 밖으로 나갔다. 직원이 그녀를 향해 하얀 손을 흔들었다. 그녀를 향한 인간적인 호감의 표시가 아니라 업무상의 습관에 불과할 것이라고 생각하면서도 여자는 소녀들에게 그랬던 것처럼 마주 손을 흔들었다. 손가락이 부드럽게 뒤집혀 창백한 손등에 맞닿는 세계로부터 관람차 창밖으로 뛰어내리면 반드시 죽음을 맞이하는 세계에 이를 때까지 그녀는 계속해서 길을 잃은 개처럼 서성거렸다. 도플갱어를 만나면 죽는다는 것이 악몽 속의 진실이라면 그녀는 아직 인지하지 못한 어느 순간 죽었던 것인지도 모른다고 생각하면서.

몽유병자처럼 그녀는 중얼거렸다. 그녀는 반드시 이곳으로 돌아올 거라고. 어디에서 이곳에 왔는지도 알지 못하면서, 이곳에서 나가면 이곳을 완전히 잊어버릴 것이면서, 마치 이곳을 사랑하는 것처럼, 이곳을 잊을 수 없는 것처럼, 반드시 이곳으로. 지나치게 새하얀 한낮이 그녀를 절망케 하는 순간마다, 풍선처럼 매달고 다니던 그림자를 놓쳐버리는 순간마다, 어린 시절의 유령을 영원히 잃어버렸다는 불안감이 엄습할 때마다, 그녀는 이곳으로 되돌아올 것이었다.

광장

 벗겨진 살에 축축한 공기가 와 닿았다. 귀먹은 함성과 울음소리, 음울한 외침들도. 그는 마지막으로 능지처참당한 남자였다.
 그는 마지막으로 능지처참당하는 남자다. 남자는 그를 집요하게 촬영하고 있는 서양인의 카메라 렌즈를 바라보며 그 사실을 떠올렸다. 그는 아직 살아 있었다. 그는 그가 신인지 능지처참당하는 죄수인지 확신할 수 없었다. 그는 기억할 수 없었다. 그의 내력들, 추억들, 그가 간직했던 미래들, 그가 끝까지 끊을 수 없었던 악질적인 희망들. 남자는 그의 죄를, 슬픔을, 그가 기대했던 천국을 기억할 수 없었다.

강렬한 차가움에 대한 욕망이 그를 엄습했다. 그는 미친 듯이 뜨거웠다. 그는 차가워지고 싶었다. 그는 미친 듯이 차가웠다. 그는 더 차가워지고 싶었다. 그의 핏속을 떠도는 치사량의 아편이 그를 얼려놓고 있었다. 얼어붙은 피가 날카로운 칼이 되어 그의 혈관을 찢어발기고 있었다. 그는 그가 유다인지 신인지 구분할 수 없었다. 그는 그가 배신자인지 배신당한 사람인지 기억할 수 없었다.

그의 살해자들은 다정하고 신중한 손길로 그의 피부를 저며내고 있었다. 그는 그들을 향해 연약한 웃음을 지어 보였다. 그들은 그에게 오롯이 집중하고 있었다. 그는 그에게 인사하는 과일 가게 주인에게 인사를 되돌려주듯이, 그들의 섬세한 작업에 대해 감사 인사를 해야한다고 생각했다. 그는 침이 줄줄 흘러내리는 턱을 더 벌려 뭔가를 말했다. 언젠가부터 관중들은 울음과 함성을 그쳤다. 이제 그들은 하얗고 무거운 침묵이었다. 아, 그는 감사하다고 말해야 했다. 죽여주셔서, 이렇게 고생해서 죽여주셔서 감사합니다. 다음에 뵙겠습니다.

그는 백치처럼 입을 벌린 채 황홀하게 아 아 아 더듬거렸다. 왼쪽 팔꿈치 안쪽의 살이 벌어졌다. 등이 깊게 패고 가슴 아래 긴 상처가 벌어졌다. 무릎과 허벅지는 도살당한 돼지처럼 덜렁거렸다. 여기저기서 뻐끔거리고 닫히고 다시 벌어지기를 반복하는 그 모든 입들로 그는 더듬거렸다. 그는 말해야 했다. 감사하다고 잘 부탁드린다고 고생하신다고 안녕히 계시라고 그리고 다시 뵙겠다고.

그는 벌어진 상처와 피부로 그들을 보고 있었다. 그들이 보는 것을 그는 볼 수 없었지만 그를 보고 있는 그들은 볼 수 있었다. 그는 눈을 감고 깊은 차가움으로 가라앉고 싶었다. 그는 더 깊이 더 아픈 차가움으로 들어가고 싶었다. 그는 빌어먹게 깊은 곳으로 가고 싶었다. 그러나 눈꺼풀은 잘려 나갔고 그는 더 이상 눈을 감을 수가 없었다. 그는 볼 수밖에 없었다. 그는 나른한 고통에 매달린 채로 신이 되어가고 있었다. 신은 매달린 채로 그가 되어가고 있었다.

처음으로 살해당하면서 그는 처음으로 살해했던 순간을 떠올렸다. 병아리는 울고 있었다. 그것은 끔찍하게 오래 울고 있었다. 목이 길어지고 깃털 색이 짙어지며 점차 부풀어 오르는 날개를, 전혀 다른 눈빛을 가지게 된 병아리. 그것은 무엇인가 전혀 다른 것이 되어가고 있었다. 그것은 전혀 다른 소리로 변할 준비가 된 소리로 울고 있었다. 그는 예감할 수 있었다. 그것이 언제라도 다른 소리, 그가 견딜 수 없는 소리로 울게 될 것을. 그것의 집요한 울음소리는 그 전조와도 같았다.

그는 견딜 수가 없었다. 그는 견딜 수 없는 것이 오게 될 것을 견딜 수가 없었다. 그는 견딜 수 없을 것이었다. 그것은 울고 있었다. 전혀 다른 것이 되어가는 울음으로 울고 있었다. 그는 견딜 수 없었다. 어둠 속에서 그는 흐느꼈다. 그는 이렇게 될 줄 몰랐다. 그는 그저 귀엽고 부드러운 병아리를 원했을 뿐이었다. 그러나 병아리는 더 이상 이전의 병아리가 아니었다. 그것은 전혀 다른 것이 되어가고 있었다. 그가 알지 못하는 것. 그가 받아들일 수 없는 것. 그것의 목은 괴물처럼 길어졌고 작은 머리는 견딜 수 없이 징그러운 방향으로 끊임없이 움직였다. 날개는 끔찍한 색으로 젖어 부풀어 올랐다. 그는 그것이 무엇인지 몰랐다. 그것은 병아리도 닭도 아니었다. 그는 그것을 견딜 수가 없었다. 그것은 울고 있었다. 그가 견딜 수 없을 소리를 예고하며, 그것은 계속해서 울고 있었다. 그는 견딜 수가 없었다.

  그는 몸에서 떨어져 나가 바닥을 붉게 적시는 살점들을, 화려한 붉은 피를 내려다보았다. 그는 분해되고 있었다. 그는 살해당하고 있었다. 그는 전혀 다른 것이 되어가고 있었다. 언제부터 그의 구멍들은 보는 것을 멈추게 될까. 언제부터 그의 구멍들은 흘리는 것을, 말하는 것을, 말하려 하는 것을 멈추게 될까. 그는 살해자들의 강인하고 붉은 손이 움직이는 모양을 멍하니 바라보며 생각했다. 언제부터, 그는 이곳을 견디고 있는 걸까. 언제부터 그는 이곳이 되어버린 걸까. 메워질 길 없는 역겨운 구멍들이 그가 되어버린 것은, 견딜 수 없는 것을 견디게 되어버린 것은 대체.

지하철

그녀는 눈을 감는다. 그녀는 웃는다. 남자에게 그녀는 그녀가 가진 모든 것을 주었다. 남자는 눈을 크게 뜨며 그녀를 밀쳤다. 그녀의 입술은 드러난 환부보다 더 벌어져 있었고 더 젖어 있었다.

그녀는 하얗고 순결한 케이크 칼을 들고 있었다. 시간과 시간의 틈에 그녀의 생일이 있었으므로. 남자는 공포에 질린 채 뒷걸음질 쳤다. 건포도처럼 검고 정적인 그의 눈이 커졌다. 그는 여자가 그에게 건넨 모든 것 속에서 부르르 떨었다. 하얗고 부드러운 플라스틱 칼이 여자의 살 속에 파묻혀 있었다.

여자는 깨닫는다. 그녀가 그녀의 모든 것을 가감없이 주어버렸음을. 일말의 망설임도 없이. 일말의 여분도 없이, 되돌이킬 수 없는-그러나 결코 후회하지 않을-모든 것을 주어 버렸음을. 시간과 시간의 틈에서 여자는 태어났다. 여자는 여자의 몸에서 태어났다.

　남자의 벌어진 입은 당장이라도 비명을 지를 것 같았다. 그의 얼굴을 뒤덮은 희고 연약한 피부가 꿈틀거렸다.

　여자는 하얗게 웃었다. 여자의 케이크 칼도 여자의 안에서 하얗게 웃었다. 여자는 모든 것을 주어버렸다. 뒷걸음질치며 사라져가는 남자의 시간 앞에서 여자는 말했다.

　내가 더 어렸을 때 난 정말 예쁜 여자였어. 아이들은 모두 나를 좋아했어. 여자아이들은 나를 둘러싸고 내 머리 위에 하얀 꽃들을 엮어 만든 화관을 얹어 주었고 내 치맛단을 만지작거리면서 웃었어. 남자아이들은 내게 진한 향이 나는 양초들을 선물했어. 나는 언제나 선물들에 둘러싸여 있었어.

　스무 살이 되었을 때 나는 내게 가장 많은 문장들을 선물한 남자아이와 함께 살았어. 남자아이는 나를 위해 시를 지어 주었어. 그토록 많은 문장들, 그토록 많은 언어들에 둘러싸여 나는 행복했어. 그는 내 아름다움을 찬미하기 위한 무수히 아름다운 문장들을 내게 선물했지. 나는 행복했어. 나는 부드러운 크림과 화장수를 얼굴에 발랐고 내 얼굴은 은빛 별처럼 반짝거렸어. 남자아이는 내 길고 매끄러운 머리칼을 만지작거리며 시를 속삭였어. 나는 행복했어. 그 애는 행복했어.

남자아이가 군대에 가게 되었을 때 그는 내게 많은 언어를 선물하기로 약속했어. 그 애가 사라지고 나서도 나는 여전히 예뻤어. 많은 여자아이들과 남자아이들이 달콤한 언어를 굳혀 놓은 선물들을 내게 줬어. 사랑해, 네가 좋아, 너를 갖고 싶어, 그런 말들로 반들거리며 빛나는 보석들, 쿠키들, 그림들, 시들. 나는 행복했어. 나는 길고 하얀 목을 가진 여자아이와 함께 살게 되었어. 그녀는 길고 유연한 목으로 감미로운 노래를 불러주었어. 나는 행복했어. 그녀도 행복했어. 나는 여전히 아름다웠고 선물들은 사랑받는 아이의 방을 장식하는 야광 별들과 플라스틱 심장들처럼 반짝였어.

초인종이 울리는 소리가 들렸어. 그녀는 침실에서 잠들어 있었어. 나는 문을 열었어. 그는 좀 더 마르고 그을은 얼굴을 하고 있었어.

나는 반갑게 인사했어. 안녕. 잘 지냈어?

그는 얼굴을 찡그리며 내가 그를 배신했다고 말했어. 내가 그를 배신했기 때문에 그는 아무것도 쓸 수 없다고 말했어. 그는 내가 그의 시를 살해했다고 말했어.

나는 너무 놀라서 아니라고, 나는 그저 사랑했을 뿐이라고,

나는 너를 살해하지 않았다고 말했어.

그리고 아팠어.

내 얼굴 내 목 내 피부가 타들어가고 있었어. 나는 탔고 불이 나를 갉아먹고 물어뜯고 찢어발기고 나를 녹이고 있었고 나는 울었어. 아니 울 수도 없었어. 나는 아팠어. 세상이 비명을 지르고 있었어. 감미로운 속삭임은 불타는 비명으로 바뀌었어. 새들이 내 가장 내밀한 곳을 물어뜯고. 나는 아팠어. 창자가 찢어지고. 나는 아팠어. 나는 아팠어. 아파 아파. 그만 아프고 싶어. 하지만 살아 있는 한 그만 아플 수는 없어. 나는 삶을 원해. 아픔만큼이나 삶을 원해. 아파. 아파. 아파. 너무 아파! 세상이 소리쳤어.

그 애는 더 이상 없었어. 동거하던 여자아이는 그가 내 얼굴에 염산을 끼얹었다고 말했어. 내 얼굴이 모두 녹아 사라졌어. 시들도, 문장들도, 선물들도 더 이상 내 것이 아니었어. 반짝이는 것들은 여전히 생기있고 아름다웠지만 그 선물들은 더 이상 내게 속해 있지 않았어. 거울은 나를 비추지 않았고 나는 더 이상 내 얼굴을 떠올릴 수 없었어. 내 얼굴은 촛농처럼 하얗게 녹아내렸고 나는 그 무엇도 아니었어.

나는 내가 무엇인지 더 이상 알 수 없었어. 더는 행복하지 않았어. 나도, 여자아이도. 그녀가 나를 견디기 힘들어하는 것을 알 수 있었어. 그래서 나는 거리로 나왔지. 아무도 나를 원하지 않았고 아무도 내게 선물하지 않았어. 나를 위한 언어도, 나를 위한 속삭임도, 나를 위한 선물도, 나를 위한 반짝임도, 나를 위한 사랑도, 나를 위한 입맞춤도, 나를 위한 애무도, 나를 위한 시도 없었어. 나를 위한 언어도 더 이상 없었어. 나를 위한 몸도, 나를 위한 얼굴도, 나를 위한 미소도, 나를 위한 느낌도 없었어. 하지만 나는 살아 있었어. 일그러진 얼굴로. 하얗게 녹아내린 얼굴로. 나는 내 얼굴이 여름철의 케이크 같다고 생각했어. 냉장고가 사라진 세계에서 나는 내 녹아내린 케이크를 축하하기로 했어.

  나는 네게 모든 것을 줄 수 있어. 왜냐하면 오늘은 케이크의 생일이니까! 매일 나는 녹아내리고 매일 나는 아프고 매일 나는 태어나고 매일이 녹아내린 케이크의 생일이니까. 나는 너를 용서하는 대신 나를 살기로 했어. 나는 얼굴을 잊었고 그 무엇보다도 달콤하게 살아 있어. 아무도 내게 선물을 주지 않고 아무도 내게 리본을 매어 주지 않지만 가장 달콤한 생크림 살이 내게 있어.

  그녀는 웃는다. 녹아내린 하얀 얼굴로 웃는다. 그녀의 미소는 어떤 환부보다도 더 벌어져 있다. 그녀의 웃음은 감미롭게 젖어 있다.

교실

개의 역할을 맡은 아이가 다른 애들의 자리를 쓸고 있었다. 개 아이는 더 많은 친구를 사귀고 싶어 했다. 개 아이는 친구를 사귀기 위해 친구에게 다정하게 대해야 한다고 배웠다. 많이 줄수록 많이 받을 수 있다고 배웠다. 개 아이는 친구들의 자리를 대신 청소해주기 시작했다. 친구들은 기뻐하며 개 아이가 착하다고 칭찬했다. 친구들은 개 아이의 머리칼을 부드럽게 쓰다듬었고 개 아이의 이마에 입 맞춰 주었다. 먼 자리에 있던 친구들은 개 아이에게 자기 자리 청소도 부탁한다고 말했다. 개 아이는 한 번의 입맞춤에 하나의 자리를 청소해 주었다.

다음날 개 아이는 내 자리를 제외한 교실의 모든 자리를 청소해야만 했다. 개 아이가 주저하며 더는 청소하고 싶지 않다고 말했을 때 친구들은 개 아이가 이기적이라고 비난했다. 개 아이가 나쁘고 게으른 아이라고, 그런 아이와는 친구가 될 수 없다고 말했다.

개 아이는 네 발로 기어다니면서 교실 전체를 청소한다. 수업 시간에 친구들은 개 아이의 머리를 다정하게 쓰다듬는다. 친구들은 개 아이가 자신들의 친구라고 믿는다. 점심시간에 친구들은 개 아이를 위해 딸기와 오렌지, 아이스크림 같은 개 아이가 좋아하는 달콤한 디저트를 건네준다. 음악 시간에는 개 아이와 함께 기타를 연주하고 노래를 부른다. 조별 활동을 하는 시간에 개 아이는 언제나 친구들과 함께다.

하지만 청소 시간에 개 아이는 혼자다. 다른 아이들이 축구를 하고 자전거를 타러 운동장으로 나간 사이 개 아이는 혼자 모든 자리를 쓸어내야 한다. 간혹 개 아이와 눈이 마주치지만 우리는 대화하지 않는다.

개 아이는 내가 혼자이기에 외롭고 불행하다고 생각할 것이다. 개 아이는 나를 연민한다. 나는 개 아이를 연민하지 않는다. 개 아이가 불행하지 않다고 생각하지도, 불행하다고 생각하지도 않는다. 나는 개 아이를 모른다. 개 아이가 나를 모르는 만큼. 개 아이에게 말을 거는 건 개 아이를 연민하는 것일까? 개 아이와 나는 결코 서로를 연민하지 않는다. 개 아이는 내 자리를 청소하지 않고 나는 개 아이를 대신해 싸워주지 않는다(대체 누구와? 무엇을?). 담임교사도 개 아이에게는 크게 신경을 기울이지 않는다. 개 아이는 언제나 많은 친구들에 둘러싸여 있고 친구들은 개 아이를 다정하고 애틋하게 쓰다듬기 때문이다. 선생님은 개 아이를 잘 돌보는 반 아이들이 착하고 다정하다고 말한다. 개 아이는 정말 인기가 많구나! 교사들은 종종 그렇게 감탄하고는 한다. 그 말은 어느 정도 사실이다. 개 아이만큼 많이 사랑받는 아이는 없을 것이다. 개 아이만큼 많은 친구를 가진 아이도 이 교실에 달리 없을 것이다. 개 아이는 그 애가 모은 먼지만큼이나 많은 친구를 가지고 있다.

그리고 공중에서 은밀하게 녹아가는 눈처럼 나는 혼자다.

침실

 피터팬이 창문을 두드렸고 아이들은 어린 새 떼처럼 창문으로 달려들었다. 그가 손을 뻗었을 때 아이들은 망설임 없이 그의 손을 잡고 밤하늘로 날아올랐다.
 혹은, 피터팬이 창문을 두드렸고 아이들은 잠들어 있었다. 밤이 끝날 때까지 피터팬은 계속 창문 밖에서 기다렸다. 그는 창문 안쪽의 아이들을 침묵으로 지켜보고 있었다. 간간이 창문을 두드렸지만 되돌아오는 소리는 없었다. 사위는 적막했다. 아이들은 좀처럼 깨어나지 않았다. 일생 단 한 번뿐일 기회가 멀어져가는 것을 아이들은 목도하지 못했다. 하늘을 날고 싶다는 아이들의 꿈은 새벽빛으로 흐려지는 하늘과 함께 희미해져가고 있었다. 새벽이 지나 아침이 되면 아이들은 꿈 없는 잠에서 깨어나 평범한 일상을 맞이할 것이었다.

아침이 되었고 아이들이 깨어났고 피터팬은 유령처럼 사라져버렸다. 그는 다시 돌아오지 않을 것이었다. 깨어나지 못한 채 맞이했던 기회를 아이들은 영원히 이해하지 못할 것이었다. 아이들은 단 한 번도 기회를 갖지 못한 운명을 원망할 것이었다.

피터팬이 정말 그 자리에 있었을까? 아무도 목도하지 못한 그가, 다만 그 자신만이 불투명한 유리창에 되비친 어렴풋한 반영을 목도했다는 이유만으로 존재했다고 할 수 있을까? 적어도 피터팬 자신에게는 피터팬이 존재했다. 아이들에게는 그렇지 못했다. 그들은 함께 밤을 날아오르지 못했고 천국으로 가지 못했다. 아이들은 단단한 대지 위에 살아남았다. 아이들은 매시간 성장하고 어른이 되어 점점 빨라지는 속도로 늙어갈 것이었다. 영원히 한 번뿐인 꿈 속을 떠도는 피터팬과 달리, 아이들은 꿈 없이 살아갈 것이었다. 아이들은 비행하지 않고 행복해지는 법을 배울 것이었다. 추락하는 일도, 악어에게 팔을 잃는 일도, 불가능한 꿈 속에 생매장당하는 일도 없을 것이다. 영원한 유년을 원망하는 일도 없을 것이다. 다만 그리워할 뿐일 것이다.

사라져가는 자신의 반영을 바라보는 피터팬의 눈은 노인의 것처럼 음울했으나 얼굴은 어린시절 그대로였다. 그는 마치 잃어버린 자신의 유년을 목도하듯이 아이들의 잠든 모습 위에 비친 자신의 얼굴을 바라보았다. 그는 결코 자신의 유년을 잃은 적이 없음에도. 하나의 유년이 다른 유년에 닿기 위해 필요한 기적이 그에게는 일어나지 않았다. 아이들에게도 마찬가지였다. 그들은 서로 다른 어린시절을 가지고 있었고 그것은 결코 만나지 않았다. 그들이 아무리 서로를 원했어도 기적은 찾아오지 않았다. 기적은 불가능한 것이므로, 불가능하기 때문에 기적인 것이므로.

유리창 내부의 세계는 견고했으며 그 바깥은 춥고 적막했다. 피터팬은 절망적인 외로움을 느꼈다. 어쩔 수 없는 일이었다. 그는 다시 그의 악몽이 지속되는 푸른 바다와 섬의 세계로 돌아가야 했다. 언제쯤 현실이 그의 꿈을 수용할 수 있을까. 그런 순간이 결코 찾아오지 않을 것임을, 단호한 잠에 빠진 아이들의 얼굴로부터 예감할 수 있었다. 그럼에도 그는 아이들의 잠으로부터 영원히 사라지는 순간까지 집요한 희망을 버리지 못했다. 희망하는 것은 어린시절의 천성과도 같으므로. 스치지도 못한 그들의 시간이 새로운 꿈으로 태어나기를 그는 소원했다. 그들 사이에 놓인 유리창, 그것이 갈라놓은 불모의

거리 속에서 그런 일은 불가능함을 알고 있음에도.

그는 아이들의 잠이 완전히 깨져버릴 때까지 묵묵히 기다렸다. 그들이 다시 잠들기를, 새로운 잠 속에 그가 존재하기를 바라면서.

아이들은 꿈 없이 깊이 잠자고 있었다.

교무실

어린 앨리스는 딸기 생크림 케이크가 먹고 싶었습니다. 너무 먹고 싶어서 그것을 처음 먹게 되었을 때 전부 토해버리고 말았습니다.

어린 앨리스는 유치원 교무실에 앉아 있다. 선생님은 상냥하게 무언가를 말한다. 그녀가 열심히 말하는 것을 어린 앨리스는 성실하게 듣는다. 성실하게 듣고 있음을 알리기 위해 말의 리듬에 맞춰 고개를 끄덕인다. 눈은 크게 뜨고, 너무 많이 깜빡이지 않기 위해 조심한다. 목구멍에서 이상한 소리가 올라오려 할 때마다 목에 힘을 준다. 침을 삼키는 걸 들키지 않기 위해 주의한다.

이게 먹고 싶었어? 선생님이 갑자기 웃으면서 묻는다.
선생님이 책상 위에 놓여 있던 사탕 상자를 꺼내든다. 어린 앨리스는 그 자리에 사탕들이 놓여 있었음을 처음으로 깨닫는다.
어쩐지, 너무 열심히 보고 있더라니. 선생님이 키득거린다. 말을 하지 그랬어.
앨리스는 선생님이 건네준 사탕을 받아든다. 고맙습니다.
앨리스는 사탕을 별로 좋아하지 않음에도 선생님이 보는 앞에서 막대사탕을 입속에 밀어 넣는다. 끈적한 것이 혀와 입천장에 달라붙는다. 침과 섞인 단물이 손가락으로 흘러내린다. 불쾌하고 역겨운 단맛 때문에 앨리스는 감미로운 고통을 느낀다.
선생님이 앨리스의 작은 등을 밀며 교무실 밖으로 내보냈을 때, 앨리스는 그곳에서 들었던 말들을 잊어버린다. 그녀가 열심히 고개를 끄덕이며 몰두하려 했던 말들을. 선생님은 그녀가 사탕을 보고 있지 않았음을 몰랐다. 선생님은 그녀가 선생님을 보고 있지 않았음을 알고 있었다.
선생님은 그녀가 그녀를 보고 있지 않았음을 알고 있었다.

굴욕적인 수치심과 함께 앨리스는 깨닫는다. 그녀가 눈을 크게 벌린 채로 열렬히 외면하던 것을. 그녀는 선생님의 부드럽게 열린 눈과 붉은 입술을 뚫어지게 보고 있었다. 아무것도 보지 않기 위해서.

중학교 1학년 때 앨리스는 반장이다. 그녀는 앨리스가 아니라 반장이다. 모든 아이들이 그녀를 반장이라고 부른다. 눈에 띄지 않는 아이인 그녀가 반장인 것은 오직 그녀의 성적 때문이다. 교사는 입학고사에서 1등을 한 앨리스를 반장으로 임명했다. 그때부터 그녀는 반장이었다.

교사가 그녀에게 반장이라는 이름을 내려주던 날, 그녀가 반장임이 선언되던 날, 앨리스는 두 번째 이름을 가지게 되었다고 생각했다. 선물을 받았다고 믿었다. 그러므로 그녀는 금색 포장지를 벗기는 순간의 크리스마스 아이처럼 기뻐했다.

교사는 반장에게 아이들을 조용히 시키라는 임무를 던져준 뒤, 교실 문을 닫고 바깥으로 나가버렸고 반장은 처음으로 받은 임무를, 선언을, 말을 어떻게 다루어야 할지 모르는 채로 멍하니 자리에서 일어났다. 그녀는 교탁으로 향했다. (적어도 수업 시간에는) 교사들만이 올라갈 수 있는 비밀스러운 단 위에서 그녀는 불신과 경계의 눈으로 그녀를 올려다보는 낯선 아이들을 바라보았다. 그녀는 무엇을 해야 할지 몰랐다. 그녀는 아무것도 알 수가 없었다.

그녀는 아무것도 알 수 없었다.

부반장인 남자아이와 눈이 마주치기 전까지 그녀는 그대로 서서 끔찍하게 떨고 있었다. 제단 위에 홀로 남겨진 제물처럼. 집행인이 퇴근한 뒤 무엇을 해야 할지 모른 채 끔찍한 불안감 속에 남겨진 사형수처럼, 그녀는 그곳에 있었다. 그때 그녀는 그를 알아보았다. 아이들 속에서, 그녀와 함께 선물을 받은 그를. 그에게도 책임이 있다! 그들은 같은 운명을 가지고 있다. 그들은 같은 제단 위에 서야만 한다. 왜냐하면 교사는 그녀와 그 둘 모두에게 선물을 주었으니까. 선물을 받은 건 그녀만이 아니었으니까. 어쩌면 그들은 교단 위에서 친구가 될 수 있을지도 모른다.

그녀는 상기된 얼굴로 활짝 웃으며 그 애의 책상으로 뛰어갔다. 남자아이는 창백하고 무표정하게 앉아 있었다. 그녀가 그의 책상 바로 앞까지 다가간 뒤에도 그는 그녀를 올려다보지 않았다. 그녀가 그 애의 어깨를 살짝 건드린 뒤에야 남자아이는 얼굴을 찌푸리며 그녀를 바라보았다. 마치 그녀의 요구 때문에 어쩔 수 없이 그녀를 발견했다는 듯. 그녀는 그에게 도와달라고 말했다.

도와줘.

남자아이의 얼굴은 창백했고 앨리스의 얼굴은 상기되어 있었다. 남자아이는 침착했고 그녀는 초조했다. 남자아이의 눈은 건조했고 그녀의 눈은 굴욕적으로 젖어 있었다. 남자아이는 픽 웃으면서 내가 왜? 하고 물었다.

내가 왜?

앨리스는 말할 수 없었다. 그야, 너는 부반장이니까. 선생님이 네게 선물을 줬으니까. 아이들을 조용히 시키라고 했잖아. 그 알 수 없는 말을 던져줬잖아. 앨리스는 그렇게 말하지 못했다. 반장은 그렇게 말하지 못했다. 여자아이는 그렇게 말하지 못했다.

앨리스는 아무런 말도 할 수 없었다. 그녀는 굴욕적인 충격 속에서 다시 칠판 앞으로 돌아가야 했다. 아이들이 키득거리며 비웃는 것을 그녀는 교단의 높은 시선으로 조망할 수 있었다. 그녀는 무엇을 해야할지 알 수 없었다. 어째서 거절당한 것인지, 어째서 이곳에 홀로 남겨진 것인지, 이해할 수 없었다. 그녀는 교사가 그녀에게 준 것을 다시 돌려줘버리고 싶었다. (그러나 버릴 수는 없었다. 그녀는 예의 바르고 착한 아이였으니까. 그녀는 나쁜 아이를 연기하는 법을 배우지 못했으니까.)

   그녀는 동물원의 짐승들을 구경하듯 그녀를 바라보는 아이들의 시선 앞에서 울지 않으려 안간힘을 썼다. 교사가 돌아올 때까지 그녀는 치열하게 버텼다. 그녀에게는 아무것도 없었다. 시선들을 피하고 시선들을 들키지 않기 위한 책도, 그림도, 그녀의 무능을 던져줘 버릴, 그녀의 포기 선언을 들을 어른도 없었다. 그녀는 교단 위에 혼자 있었고 아이들은 무리 지어 앉아 있었다. 그녀는 보고 싶지 않았고 보이고 싶지 않았다.

   교사는 그녀를 혼내고 있었고 그녀는 열렬히 고개를 끄덕였다. 넌 빌어먹을 애야.
네.
넌 나쁜 애야.
네.
넌 이기적이야.
네.

   그녀는 열렬한 신도처럼 끄덕거렸다. 그녀는 나쁜 아이의 문법을 익히지 못했으므로 착한 아이의 세계에서 내쫓기고 싶지 않았다. 그녀는 그녀를 몰아붙이는 교사를 조금도 사랑하지 않으면서도, 혼나고 있는 그 순간 교사를 사랑하기 위해 분투했다.

어째서 혼나기 시작했는지, 어째서 이런 상황에 놓인 것인지 앨리스는 알 수 없었다. 그녀는 아무것도 이해하지 못했다. 그러나 교사가 그녀에게, 오직 그녀만을 향해 무언가 이야기를 하고 있고 그녀는 그 말에 수긍해야만 함을, 적어도 수긍하는 것을 보여주어야만 함을 알고 있었다. 다 먹은 식판을 교사에게 보여 검사받는 것처럼. 그녀는 그녀가 듣고 있고 그것을 이해하고 있음을 보여주어야만 했다. (물론 그녀는 그렇게 하지 않을 수도 있었다. 그녀는 그 자리에서 웃어버릴 수도 있었다. 그러나 그녀는 그렇게 할 수 없었다. 그저, 그렇게 할 수 없었다. 그렇게 할 수 없었다.)

그녀는 고개를 끄덕였고 교사는 그녀가 끔찍하다고 말했다. 그녀는 고개를 끄덕였고 교사는 그녀가 사악하다고 말했다. 그녀가 고개를 끄덕였고 교사는 너 같은 애가 제일 싫다고 말했다.

반 아이들 누구도 개입하지 않았다. 그녀들은 서로를 마주보고 있었다. 축축한 시선으로. 증오, 혹은 사랑으로 달아오른 시선으로. 그녀는 머리가 아플 때까지 고개를 끄덕였다. 그녀가 고개를 끄덕일수록 교사는 분노했다. 굴욕 앞에서 상기된 얼굴로 열렬히 끄덕이는 것, 그 순간 자기 자신의 학대자를 그토록 사랑하는 것은 금지되어 있음을, 앨리스는 한참이 지난 뒤에야 알게 되었다. 사형 선고가 내려지는 자리에서 열정적으로 끄덕이는 것은 가장 끔찍하고 불온한 반항임을. 마치 불청객에게 그를 기다려왔다고 속삭이는 것처럼. 사랑에 빠진 목소리로 그를 꿈꿔왔다고 말하는 것처럼. 교사가 그녀를 완전히 증오하게 될 때까지 그녀는 계속해서 끄덕였다.

울타리 안

그녀는 조용함을 훈련받았다. 작은 울타리 내부의 세계는 끔찍하게도 고적하였으나 이곳에서의 울음은 아무런 소용이 없었다. 그녀의 울음을 반향하는 대답도, 사물의 시체들을 되비추는 흔적도, 엄습하는 침묵을 밀어내는 소란도 여기에는 없었다.

울타리는 그리 높지 않았으나 소녀는 울타리를 넘어설 수 없었다. 울타리 바깥의 세계는 진열장 유리에 가로막힌 것처럼 단단하고 차가웠다. 소녀는 투명하게 가로놓인 테두리의 내부와 외부가 다른 세계라는 것을 알고 있었다. 울타리 외부의 사람들, 짐승들, 식물들과 비유기체들은 부드럽게 섞이며 맴돌았다. 그들은 무언가를 반향하는 무언가를 울었으며 서로에게 제 침묵과 얼룩마저도 귀속시켰다. 울타리의 내부에서는 외부가 전부 들여다보였다. 그들은 소녀의 앞에서 수치도 없이 섹스를 하고 살인을 했으며 도축하고 먹는 일도 서슴지 않았다. 그러나 그들은 소녀를 돌아보지 않는 것처럼 보였다. 소녀의 울부짖음, 낑낑거림이나 흐느낌, 비명과 웃음소리는 그들의 표정이나 행동에 아무런 영향을 주지 않았다. 중력이 약한 지점만을 파고드는 나뭇잎색의 날벌레들도 그녀의 사유나 행위와는 아무런 관련이 없는 것처럼 굴었다.

그녀는 분명히 느끼고 있음에도. 내부에서 발발하고 찰랑거리는 사유와 행위의 물결이 얼마나 열렬한지. 마치 곧장이라도 새로운 생명 하나를 만들 수 있을 것처럼. 유백색 배와 허벅다리를 수줍게 드러낸 비너스의 발가락을 적시며 맴돌던 거품인 것처럼.

소녀는 진열장 밖을 떠도는 사물들의 시체 하나하나에 제 의식을 밀어넣는다. 강변 다리 아래에 매달려 벌레를 채집하고 있는 거미줄, 호텔 람세스에 출근하는 직원 남자, '호텔 람세스에서의 죽음은 명예로운 일입니다.'라고 적혀 있는 광고지, 고래를 싣고 강변을 떠도는 서커스 트럭, 소화시키지 못한 나방을 그대로 게워내는 거미, 침에 젖어 반짝이는 입술들, 그녀의 세계는 완전한 자폐일 수 없었다. 그녀를 내버려 두고 침투를 이어가는 세계의 소용돌이에서 배제된 채, 소녀는 눈물과도 같은 솔잎을 떨구는 나무들과 불가해한 언어로 시시덕거리는 통통한 다람쥐들, 검고 가지런한 외피들의 물결 속에서 바스라지는 개미들, 기꺼이 물밑으로 가라앉는 바위들, 연보랏빛의 익사자들, 죽은 여인의 하얀 원피스자락을 깨물고 바다를 향해 헤엄치는 민물고기들, 발톱을 자를 여유가 없어 발가락을 잘라버리는 작은 새들이 아닌 무언가다. 소녀는 수천 개의 거미줄들이 이름 모를 사물들을 이어가는 모습을 지켜보았지만 그중 하나도 소녀에게 닿은 적은 없었다.

지하철 계단

앨리스가 지하철 계단을 내려가고 있다. 앨리스의 뒤에서 계단을 내려가던 남자가 앨리스의 어깨를 밀어버린다. 앨리스가 계단에서 미끄러져 넘어진다. 남자는 그녀가 계단에 종아리와 엉덩이를 부딪히고 쓸려가며 지면으로 추락하는 모습을 지켜보며 천천히, 신중하게 계단을 내려온다.

남자가 추락한 그녀에게 다가온다. 앨리스는 넘어져 있고 치마는 말려 올라가 있으며 그녀의 몸 곳곳에 그녀가 볼 수도 아직 느낄 수도 없는 상처들이 깨진 유리의 거미줄 같은 금처럼 퍼져 있다.

남자는 말 없이 그녀를 내려다본다. 앨리스는 신을 올려다보는 망자처럼 그의 이마와 입가 주름, 얼굴 곳곳의 검고 붉은 반점들을 바라본다.

앨리스가 남자의 얼굴을 완전히 알아보기도 전에, 공포를 느끼기 시작하기도 전에 남자가 갑자기 비명을 지르기 시작한다.

비명,

비명,

비명,

끔찍한 비명.

앨리스는 그녀의 머리를 얼음송곳으로 깨부수는 끔찍한 격통을 느낀다. 앨리스도 비명을 지르려고 입을 벌리지만 그녀는 도저히 자신의 비명을 들을 수가 없다. 그녀가 비명을 지르고 있는지 아니면 아무런 소리도 나오고 있지 않은지도 알 수 없다. 남자가 너무나 큰 소리로 비명을 지르고 있었으므로.

앨리스는 남자의 축축한 눈이 마치 살인자의 눈 같다고 생각한다.

아니다. 앨리스는 생각한다. 남자의 눈은 희생자의 눈 같다고.

지금 그녀의 눈이 어떤지 앨리스로서는 알 수가 없다. 그녀의 비명이 어떤지 들을 수 없는 것과 마찬가지로. 앨리스는 완전히 소진되어버린 상태로, 제발 남자가 비명을 멈추고 떠나가기만을 기도한다.

  남자가 희생자의 눈을 하고 있기 때문에, 남자가 비명을 지르고 있기 때문에, 비명, 비명 끔찍한 비명 때문에, 그리고 앨리스의 비명은 들리지 않기 때문에, 앨리스는 마치 그녀가 남자를 계단에서 밀어 죽여버린 것 같은 느낌을 받는다. 그녀는 해소할 길 없는, 가장 악랄한 죄책감을 느낀다.

바다사자의 저택

바다사자가 어린 굴들에게 말한다. 우리는 오늘 파티를 할 거란다. 나를 따라오지 않을래? 굴들이 대답한다. 그래요. 그래요. 그래요. 우리는 파티를 좋아해요.

그들은 바다사자의 저택으로 들어선다. 하얀 식탁보가 깔린 기다란 테이블. 테이블 위로는 황홀한 검은 빛으로 반짝이는 샹들리에. 굴들은 당돌하게도 하얀 테이블 위로 올라가 바다사자를 보챈다.

아저씨, 배가 고파요. 먹을 건 어디 있어요?

바다사자는 즐겁게 웃는다. 어디 있냐니. 너희가 바로 파티의 주인공이란다.

주인공이라고요?

그래. 너희가 바로 오늘 만찬이야. 나는 오늘 너희를 먹을 거란다. 너희를 전부 말이야.

하지만, 하고 굴들은 서글프게 말한다. 우리는 맛이 없어요. 아저씨는 실망할 거예요.

얘들아, 너희는 너희가 얼마나 맛있는지 모르고 있어.

아기 굴들은 깜짝 놀라서 묻는다. 우리가 맛있다고요?

바다사자는 굴들을 끌어안고 열렬히 입 맞춘다. 그래. 사랑스러운 아이들아.

굴들이 부드럽게 흘러넘친다. 굴들은 속삭인다. 아, 우린 어디로 가는 건가요?

바다사자가 말한다. 너희는 깊은 곳으로 갈 거란다. 너희는 내 가장 깊은 곳에 닿게 될 거란다. 너희는 맛있어. 정말 맛있어. 너희처럼 맛있는 걸, 바다사자가 다정하게 웃는다. 한 번도 먹어본 적이 없단다.

굴들이 바다사자의 목구멍 속으로 미끄러져 들어간다. 찢겨서 투명한 피를 흘리는 굴의 몸이, 굴의 살이, 굴의 내장이 바다사자의 가장 깊은 곳으로 들어간다. 깊이, 더 깊이, 굴들이 들어간다.

그것은 굴들이 경험한 최초의 폭력이었다. 최초의 입맞춤이고 최초의 파티였다.

교실 책상

중학생인 앨리스는 책상에 앉아 있다. 김진아가 그녀의 자리로 온다. 김진아는 당당하고 활발한 아이다. 앨리스는 김진아가 어렵다. 김진아는 내킬 때 언제든 앨리스에게 인사할 수 있지만, 앨리스는 그렇게 할 수 없다. 앨리스는 언제나 김진아의 인사를 향해 대꾸해야만 하지만 김진아는 그럴 필요가 없다.

앨리스에게는 김진아의 책상을 방문하는 일이 허락되지 않는다. 김진아가 다른 곳에 가지 않을 때면, 김진아의 책상은 항상 김진아의 친구들로 둘러싸여 있다. 김진아의 친구는 앨리스의 친구가 아니다. 그러니 앨리스는 그들 사이에 자연스럽게 끼어들 수 없다. 또한 김진아는 앨리스의 친구가 아니다.

(그러나 앨리스는 김진아의 친구일지도 모른다. 그것은 김진아가 정하는 일이지 앨리스가 정하는 일은 아니다.)

김진아는 앨리스의 머리를 쓰다듬으며 앨리스가 귀엽다고 말한다. 귀여워라. 김진아가 앨리스의 안경을 벗기며 말한다. 귀여워라. 앨리스는 실실거리며 웃는다. 그것이 그녀에게 허락된 유일한 행동이기 때문에. 그녀에게는 무표정조차 허락되지 않았다.

김진아는 앨리스가 너무 착하다고 말한다. 너처럼 착하면 안 돼. 김진아는 잠시 생각하더니 말을 잇는다. 이 험한 세상을 어떻게 살려고 그래?

그것은 김진아가 어딘가에서 그대로 가져온 문장임을 앨리스는 곧바로 알아차린다. 앨리스는 흐릿한 시야에서 둥둥 떠다니는 희멀건 고깃덩이를 바라본다.

이거 줘.

김진아가 말한다. 앨리스는 고개를 끄덕인다.

그러면 안 돼. 김진아가 웃으면서 말한다.

김진아는 아직 기분이 좋다. 앨리스는 김진아가 무엇을 바라는지 안다. 그녀는 순종적이고 순진하고 착한 여자아이를 연기한다.

아, 정말 귀여워. 김진아는 감탄하듯이 말한다.

김진아가 무엇인가를 흔든다. 그건 이미 김진아의 것이다. 그러므로 그녀는 거절할 수 없다. 앨리스는 생각한다.

싫다고 말해. 어서.

앨리스는 흐릿한 시야로 김진아의 안색을 살핀다. 하얀 고깃덩이, 흐릿한 곡선. 김진아는 지금의 그녀를 마음에 들어한다. 거절하지 못하는 그녀, 안 된다고 말할 수 없는 그녀, 쩔쩔매는 소심한 그녀. 그녀는 여배우이므로, 기꺼이 그 역할 속에 머문다.

싫다고 말해. 어서.

김진아가 말한다. 앨리스는 어쩔 줄 몰라 한다.

안된다고 말해. 그래도 괜찮으니까.

김진아가 다정하게 앨리스를 타이른다. 앨리스는 대답하지 않는다.

싫다고 해.

싫다고 해.

싫다고 해.

김진아가 몇 번을 더 집요하게 추궁한다. 그것이 결코 응해서는 안 될 유혹임을 앨리스는 알고 있다. 사제의 유혹을, 천국의 유혹을 완고하게 거절하는 병자처럼 그녀는 입을 다물고 참아낸다. 앨리스는 끝내 대답하지 않는다. 대답하지 못하는 착한 아이의 역할을 수행한다. 그것이 규칙이라는 것을 알고 있으니까. 여기서 고개를 젓고 싫다고 말한다면 김진아는 그녀를 두고 가 버릴 것이다. 그녀의 거부는 이 게임 자체에 대한 거부로 변할 것이다. 놀이는 끝날 것이고 그녀는 어떠한 역할도 연기할 수 없을 것이다. 수업 시간을 알리는 종이 울릴 때까지 김진아는 앨리스에게 유쾌하게 거절을 종용한다.

이따가 다시 올 테니까 연습해.

김진아는 만족한 듯 웃으며 앨리스에게 안경을 돌려준다. 앨리스는 얌전하게 그것을 받아 쓰고 고개를 끄덕인다.

앨리스는 수업 내내 다음 장면에 대해 생각한다. 그녀는 김진아를 기다린다. 그러나 김진아는 오지 않았다.

달

닐 암스트롱이 우주복 밑 속옷에 넣고 달까지 함께했던 그의 애완 암쥐는 달에서 암스트롱의 정액으로 임신했다. 그녀는 서양 남자를 닮아 하얗고 덩치가 큰 7마리의 아이들을 낳았다. 소녀는 그중 가장 작고 인간을 닮은 아이였다. 인간보다는 쥐의 형상을 닮은 다른 형제자매들(그들은 알비노 쥐처럼 희었지만 어느 부분도 인간처럼 보이지는 않았다)과는 달리 그녀는 인간과 완전히 흡사한 머리통과 목을 가지고 있었다. 잿빛 털로 뒤덮여 있는 쥐의 몸통을 가리고 보면 그녀는 완전히 인간 아이처럼 보였다.

유달리 커다란 머리통과 작고 가녀린 몸은 그녀의 아버지가 지구로 돌아간 뒤에도, 어머니가 터진 자리가 모래에 뒤덮여 보이지 않게 된 뒤에도, 다른 6마리의 쥐들이 하늘처럼 검고 적요하게 변한 뒤에도 끊임없이 움직였다. 그녀는 오직 혼자였고, 다른 냄새도 찍찍거림도 없었고, 그녀의 아버지가 떠나가며 남긴 말(Be good)과 쥐들의 서글픈 찍찍거림 이외에 어떠한 다른 언어도 상상할 수 없었다.

그래서 그녀는 무언가 새로운 것을 만들어내야만 했다. 홀로, 그녀는 6마리 쥐들의 창자를 엮어 길고 튼튼한 올가미를 발명해냈다. 그것은 달의 뒷면에서 그녀가 발견해낸 최초였다. 소녀는 부드럽고 시큼한 악취가 풍기는 올가미를 치장하듯 그녀의 길고 가녀린 목에 걸었다. 그리고 가만히, 그녀는 죽음을 기다렸다.

아무도 소녀에게 올가미를 묶어 놓을 지지대가 있어야 한다고 이야기해 주지 않았다. 소녀는 가만히, 가만히 죽음을 기다렸다. 그것을 향해서 말을 걸며, 그것을 향해 아침 인사를 하고 굿나잇 키스를 하고 저녁 인사를 하고 안부를 묻고 홀로 답하며. 최초의 자살이 발명되기 전까지 그녀는 가족의 유산으로 만든 목걸이를 질질 끌며 아직 존재하지 않는 것-그녀 자신의 죽음-을 기다릴 것이었다.

버스 안

민아와 희진이 버스 안에 있다. 그녀들은 2인용 버스 좌석에 앉은 채 잡담을 한다. 희진이 유튜브 화면을 민아에게 보여주며 묻는다. 이 강아지 귀엽지.

응. 아, 진짜 귀엽다.

우크라이나에서 일어난 전쟁 때문에 우리도 죽을까?

그땐 죽을 수밖에 없을 거야. 가능한 한 빨리 죽어버려야 해.

배고픈데 이따 뭐 먹을까?

떡볶이?

난 떡볶이는 별론데.

중세 시대 여성복은 정말 아름다워.

맞아. 정말 예쁘지.

조용히 해.

민아는 남자의 낮고 단호한 목소리를 알아차린다. 그녀가 먼저, 가장 먼저 알아차린다. 머리가 조금 새었고 이마에 주름이 잡혀 있지만 눈알은 새하얀 남자가 눈을 부릅 뜬 채로 그녀를 노려보고 있다. 민아를, 오직 민아만을 노려보고 있다.
조용히 해. 조용히 하라고.
그가 그녀를 죽일 듯이 노려보면서 말한다.
이 드라마 봤어? 여기 나오는 여배우들이 입은 복식이 얼마나 예쁜
민아는 희진의 어깨를 두드린다. 조용히 하래.
희진은 입을 다문다.

침묵.

민아는 끔찍한 수치심을 느낀다. 남자는 여전히 그녀를 노려보고 있다. 조용히 해. 조용히 하라고.
하지만 어떻게?

어떻게 더 조용히 할 수 있는가?

민아는 비명이 그녀를 난도질하는 것을 느낀다. 그녀는 오히려 남자에게 침묵을 애걸하고 싶다고, 그래서 끔찍한 비명이 아닌 일상적이고 다정한 소음의 세계를 되찾고 싶다고 생각한다.

남자가 말한다. 조용히 해.

하지만 어떻게? 여기서 어떻게 더 조용히 할 수 있는가? 그녀들이 열렬하게 교환하던 떨리는 목소리를 그는 도저히 견딜 수 없었던 것일까? 그녀들이 절박하고 아슬아슬하게 연주하던 대화의 음절들을. 버스의 엔진음에 거의 흡수되어 사라져버리던 잔음을. 끊어지면서 다시 이어지기를 반복하던 말들을.

그녀는 조용히 할 수 없었다. 그녀들은 더 조용히 할 수 없었다. 그럼에도 소녀들은 폐 속에서 팽창하며 장기를 난도질하는 말과 비명을 치욕적으로 감내해야 했다.

남자가 놀랍도록 확고한 목소리로 조용히 하라고 말했기 때문에. 놀랍도록 똑바로 뜬 눈과 놀랍도록 확신에 찬 얼굴을 그녀에게 들이대면서.

그녀들은 입을 다물었다. 민아는 가슴을 헤집고 할퀴어내리는 고통을 느꼈다.

조용히 해. 조용히 하라고.

남자는 더 이상 그녀를 노려보고 있지 않았다. 그의 눈은 너무나 커다랗고 반짝였으며 그의 목소리는 너무나 단단해서 그녀는 찢어발겨지고 말았다. 그녀는 찢어졌고 다시는 회복할 수 없을 것 같았다.

희진은 아무 말도 하지 않았다. 민아는 자신이 그녀를 배신한 것일지도 모른다고 생각했다. 희진이 하려던 말을, 희진이 끝맺어야만 했던 말을, 그녀가 영원히 매장해버린 것일지도 모른다고. 그녀는 남자와 싸워야 할지도 몰랐다. 이 자리에서 그를 침묵 속으로 밀어내고 희진의 남은 말을 들어야만 할지도 몰랐다. 그러나 희진은 고개를 저었다.

남자는 너무나 당당하고 확고하게 말했다. 조용히 해.
소녀들의 말은 그의 말 때문에 죽어버려야만 했다. 그가 소녀들의 말을 죽였기 때문에. 그가 소녀들의 말이 죽어야만 한다고 선언했기 때문에. 너무나 당당하고 자신감에 찬 어조로. 자기 자신을 믿는 사람의 질기고 견고한 육성으로.
그래서 소녀들의 말은 죽어버렸다. 떨리고, 부정확하며, 지지대를 갖지 못한 그녀들의 말은 그 앞에서 사그라져 질식해버렸다. 그러나 사라지지 않은 말들이 그녀들의 몸 속에서 날카로운 모서리로 소녀들의 관절 마디마디를 도려내고 있었다.

민아는 턱 밑으로 눈물을 뚝뚝 흘리면서 생각했다. 어째서 그녀들은 그가 그녀들에게 했듯 그를 침묵시킬 수 없는 걸까. 그녀들의 천성적이고 고질적인 조용함 때문에? 미움받고 싶지 않기 때문에?

(희진이 노래를 부르기 시작한다. 승객들이 냉혹한 눈으로 그녀들을 노려본다. 남자는 더더욱 의기양양해진다. 희진이 노래를 부름으로써, 그녀가 미친 여자임을 증명함으로써 그의 정당성이 입증되었으므로. 희진은 아직도 노래를 부르고 있다. 버스 기사는 곧 그녀를 쫓아낼 것이다. 민아는 노래를 부르고 있는 희진이 쫓겨날 때 그녀와 함께 가기 위해 짐을 챙긴다.)

침묵

그녀들은 목적지에서 안전하게 내린다. 그녀들은 여전히 침묵하고 있다. 그녀들은 무슨 말을 해야 할지 기억해내지 못한다. 말들이 소녀들의 안에서 엉망진창으로 엉클어져 있어서 그녀들은 도저히 그것들을 알아보지 못한다. 소녀들은 한참을 무언가 말해 보려고 뻐끔거리고 더듬거리고 횡설수설하다가 짧은 만남을 마치고 헤어지고 만다.

교실

가정 교사는 아이들에게 말한다. 반에서 제일 예쁘고 잘생긴 친구들을 뽑아 보지 않을래?

아이들은 종이 한 조각씩을 배분받는다.

난 널 뽑았어.

한 번도 대화를 나눠본 적 없는 애들이 내게 말을 건넨다.

칠판에 나와 그 애의 이름이 적히고 우리는 교단으로 불려 나간다. 가정 교사의 어색한 얼굴과 모욕을 장식하기 위한 종이 왕관.

아이들은 3박자 왈츠 템포로 웃고 그 애는 비계처럼 부드러운 눈물을 흘린다.

수상소감을 들어요! 아이들이 소리친다.

수상소감이요!

가정 교사는 어색하게 우리를 바라보며 어떻게 하고 싶어? 하고 묻는다.

그 애는 여전히 끔찍하게 부드러운 눈물을 흘리고 있다. 나는 날카로운 소리로 외친다. 내가 유리 핀셋에 잡힌 장미처럼 발버둥칠 때, 스케이트 날에 잘린 애벌레처럼 꿈틀거릴 때, 가스등의 나방처럼 타들어갈 때, 스노우볼 속의 나비처럼 적막할 때, 내가 시선의 부재에 소스라치며 먹히고 찢기고 염산에 녹아내릴 때, 트럭이 내 위를 지날 때, 나는 살아 있다.

내가 죽을 때 나는 살아 있다.

불탄 장소에서 나는 붉은 댄스슈즈를 신고 3박자로 춤을 추고 있어. 내 이름이 적힌 하얀 종이 조각들이 내 눈 가까이 다가온다. 그것들이 날카로운 종이 날로 여자의 눈을 벤다. 젖은 빛을 뿜는 사물들. 나를 문장의 파편으로 짓이기며 너희는 웃는다.

나는 외로워. 나는 넘쳐 흐르는 이 비정상적인 언어를 어떻게 해야 할지 모르겠어. 내가 학교에 오는 건 그것 때문이야. 내가 모욕을 감내하면서도 말하는 것은 그 때문이야. 내가 들리지 않을 말을 지껄이는 건 그 때문이야.

아이들은 지루함을 과시하듯 한숨을 내쉬고 재잘거리기 시작한다. 소음 속에 묻힌 침묵. 내가 입을 벌린 채로 침묵하고 있는 것을, 침묵하지 않고 있는 것을 아무도 눈치채지 못한다.

도굴꾼의 손톱이 어째서 검은지 알아? 내 손톱 밑에 가득 쌓인 재에서 어떤 냄새가 나는지 알아?

나는 울지 않는다. 그 애가 내 옆에서 우는 동안 나는 울지 않는다.

나는 사과 속의 독충을 삼키는 여자가 무엇을 원했는지 알고 있다. 나는 울지 않는다. 나는 울지 않는다. 시는, 생명은, 하나의 선언이다. 들리지 않는 선언. 존재하지 않는 선언. 증명되지 않을 선언. 내가 여기에 불을 지르면 내 언어와 사물들은 어떤 의미를 갖게 될까? 어떤 의미를, 어떤 존재를, 어떤 과거를 갖게 될까. 언어는 기록될 것이고 인쇄될 것이고 알려지겠지. 내 것이 아닌 몸에서 내 언어가 어떻게 들끓을지 어떤 색으로 흐느낄지 보고 싶어. 보고 싶어. 보고 싶어서 견딜 수가 없어. 하지만 견디지 못하면? 여기에 불을 지르면 너희는 불을 지른 손을 기억하게 될까.

독방

사형수가 독방에서 기다리고 있다.

기다리고 있다. 오직 그만을 위한 처형인이 찾아오기를. 문을 열고 그의 내부 깊은 곳으로 들어오기를. 그를 찢거나 꺾어버리면서 그의 마지막 비명을 들어주기를.

마침내 누군가 들어온다. 사형수는 그를 보고 황홀에 찬 눈물을 줄줄 흘린다. 그러나 그는 자신이 처형인이 아니라고 말한다. 단지 소식을 전하러 온 직원일 뿐이라고.

그게 무슨 말이죠?

사형수는 이해할 수 없다고 말한다. 지금 여기 오기로 예정

되어 있는 것은 처형인뿐이니까.

처형인은 처형당했어요. 그는 자신의 방에서 그의 처형인에게 집행당했죠. 직원이 무감한 태도로 말했다.

처형인은 그와 쌍둥이처럼 닮은 처형인을 보았다. 그들은 무엇을 해야 할지 알고 있었다. 언제나와 같이. 처형인은 처형인을 죽였고 처형인은 처형인이 죽는 것을 보았다. 그러나 살아남은 처형인은 더 이상 무엇을 해야할지 알 수 없게 되어버렸다.

그래서 그는 오늘 사형수의 방에 찾아올 수 없다는 것이다. 오늘뿐 아니라 다음날에도, 다음날뿐 아니라 그 다음날도, 어쩌면 영원히.

사형수를 위해 예비된 다른 처형인들은 모두 다른 일정이 있으므로 사형수를 위해 도저히 시간을 내어줄 수 없다고 직원은 긴 대사를 단숨에 읊어내리며 리허설 하는 배우처럼 말했다.

사형수는 떨리는 목소리로 물었다. 그럼 어떻게 되는 거죠?

직원은 사형수에게 여벌 바지를 하나 건네주었다. 올가미를 묶는 법은 아시죠?

그러나 사형수는 알지 못했다. 그가 무엇을 해야 하는지. 그는 그것을 원하지 않았다. 그는 영원히 이 독방에 혼자 있었는데, 그는 그의 처형인만을, 타인의 목소리와 타인의 침입만을 깊이 기다리고 있었는데, 직원은 지금 뭐라고 하고 있는가? 그가 그의 내부에서 죽어야 한다고, 그 이외의 기회는 없다고 하고 있는가?

집행은 언제든 마음대로 해도 돼요. 직원은 선심을 쓰듯 말했다. 이쪽 책임도 있으니 그 정도는 배려해 드려야죠. 원한다면 당신은 자연사할 때까지 살 수도 있을 거예요. 아무도 당신이 집행을 했는지 확인하러 오지 않을 테니까.

제발, 제발 나를 집행해 줘요. 사형수는 흐느끼며 애원했다.

당신이 집행했는지 확인하러 오기에 우리는 너무 바쁘니까요. 직원은 아무것도 듣지 못한 것처럼 무덤덤하게 웃어 넘겼다.

제발, 나를 집행해 줘요. 제발. 사형수는 무릎을 꿇고 비명을 지르고 있었다.

그럼, 다른 이상은 없는 걸로 알고 나갈게요. 직원은 끔찍하게 건조한 어투로, 수백, 수천 명에게 말해서 닳고 닳아버린 문장을 말한 뒤 문을 닫고 나가버렸다.

이제 그곳에는 분홍색 여벌 바지와 독방, 그리고 사형수밖에는 없었다. 직원은 기다릴 필요가 없으며 기다림은 이제 불필요한 것, 심지어는 불가능하다는 것을 알려주었다. 그는 사형수의 기다림을 살해하고 나갔다. 그러나 아직 살아남은 사형수는 기다리고 있었다.
아무것도 아닌 것을.
아무것도 될 수 없는 것을.

하굣길

학교가 끝나고 그녀는 가방을 챙긴다. 김진아가 앨리스를 부른다. 너 집이 어디야? 앨리스는 B초등학교 앞이라고 대답한다. 김진아가 웃는다. 침에 묻어 번들거리는 하얀 이들이 드러난다. 같이 가자. 김진아가 말한다.

그들은 함께 걷는다. 침묵. 긴 침묵. 앨리스는 김진아에게 물어도 좋을 것과 물어서는 안 되는 것들을 머릿속에 나열한다. 고양이를 괴롭혀본 적 있어? 자해해본 적 있어? 엄마가 언제 죽었으면 좋겠어? 일주일에 몇 번이나 죽으려고 해? 빨간색과 파란색 중 어떤 게 더 슬퍼? 선생님을 죽이고 싶었던 적이 있어? 몸 속에 이상한 걸 넣어본 적 있어? 좌약을 입으로 삼켜본 적이 있어? 병상에 누워 있는 할머니의 얼굴에 손을 가져다대 본 적이 있어? 연약한 피부가 부풀었다가 가라앉는 모습을 저녁 내내 지켜본 적 있어? 넌 어떻게 그렇게 친구들이 많아? 걔들은 왜 너를 친구라고 불러? 걔들은 왜 너를 쫓아내지 않아? 너는 어떻게 그렇게 자주 인사해? 안 무서워? 아무도 너를 무시해본 적이 없어? 아무도 네게 이상한 표정을 지어본 적이 없어? 어떻게 나하고 같이 가자고 말할 수 있어? 난 절대 너한테 그런 말을 할 수 없을 거야. 사람들은 왜 너를 좋아해? 사람들은 왜 서로를 좋아해? 왜 나는 안 좋아해? 왜 나는 네 친구가 아니야? 그때 걔가 나한테 휴지를 던지라고 하는 걸 들었어? 운동장 멀리 던진 공을 나한테 개처럼 주워오라고 하는 걸 들었어? 자기들끼리 놀던 보드게임을 나보고 정리하라고 명령하는 걸 들었어? 내가 도망치는 걸 봤어? 나하고 똑같은 짓을, 나보다 더 끔찍한 짓을 당하는 애 앞에서 내가 아무런 말도 못 하는 걸 봤어? 너는 어떻게 그렇게 예뻐? 왜 그렇게 기뻐? 왜 그렇게 웃어? 귀신이 너를 안 쫓아오는 게 무서웠던 적 없어? 영원히 죽을 수 없을 것 같아서 절망했던 적은? 넌 왜 그렇게 당당하게 걸어? 왜 나랑 같이 가? 네 친구들은? 언제 나를 버리고 네 친구들한테 갈 거야? 언제 핸드폰을 꺼내서 네 친구랑 전화할 거야? 언제 약속이 있다고 하고 가 버릴 거야? 언제 우연히 네 친구랑 마주치고 그 애랑 같이 걸어가 버릴 거야? 언제 나를 남겨두고 사라져 버릴 거야?

넌 정말 말이 없구나. 김진아가 말한다. 앨리스는 가슴이 타 들어가는 것을 느낀다. 그녀는 무엇을 말해야 할지 모른다.

앨리스는 생각한다. 그렇지만 너도 말하지 않았잖아. 내가 말하지 않는 동안, 내가 말하지 못하는 동안 너도 아무 말도 하지 않았잖아. 네 친구들이랑은 그렇게 많이 말하면서. 그렇게 즐겁게, 그렇게 많은 말을 하면서. 나한테는 아무 말도 하지 않았잖아. 내가 말하기 시작하면 지루해할 거잖아. 내가 말하기 시작하면 내가 친구가 없는 이유를 알아차릴 거잖아. 그리고 다시는 나랑 같이 집에 가지 않을 거잖아.

앨리스는 김진아의 옆얼굴을 보며 웅얼거리기 시작한다. 오늘 수업 있잖아. 과학 수업. 재밌었지. 그런데 힘들었어. 수행평가 잘했어? 난 모르겠어. 못하겠어. 그래도 오늘은 수업이 일찍 끝나서 잘했어. 아니 잘됐어. 아니 그래도 힘들었어. 너는 어때 너는 괜찮아 너는?

김진아는 의아해하며 앨리스를 정면으로 바라본다. 무슨 말인지 못 알아듣겠어.

앨리스가 입을 다물고 김진아의 보폭에 맞추어 걷는 동안 (앨리스는 계속 뒤처진다. 뒤처지지 않기 위해 앨리스는 우스꽝스러워

보일 정도로 옆을 흘긋대며 걷는다.) 지하철역 앞 토스트 가게에서 김진아는 멈춘다. 그리고 앨리스를 구원한다.

　아줌마, 햄치즈 두 개 주세요. 김진아가 살갑게 웃어보인다.

　아줌마라고 불린 여자와 몇 마디를 놀랍도록 살갑고 자연스럽게 주고받는다. 너무나 매끄러운 대화라서 앨리스는 거의 알아듣지 못한다.

　김진아가 기름에 전 샌드위치 하나를 앨리스에게 건넨다. 종이 포장지 밑으로 소스가 줄줄 새어 앨리스의 손을 적신다.

　김진아는 앨리스에게 먹으라고, 자기가 쏘겠다고 말한다.

　앨리스는 김진아의 옆에서 걸으며 끈적하고 축축한 소스와 기름에 전 빵을 입 속으로 우겨넣는다. 그것을 전부 먹어야만 한다.

　맛있지? 김진아가 묻는다.

　앨리스는 입속을 공장 냄새가 나는 햄과 기름이 뚝뚝 흐르는 빵으로 가득 채운 채 열심히 고개를 끄덕인다. 김진아가 웃는다. 앨리스는 그것을 전부 먹어치운 뒤 끔찍한 안도감을 느낀다.

　그런 하교길이 몇 차례 반복된다. 앨리스는 김진아가 언제라도 그녀와 하교하는 것을 그만둘 수 있다고 생각하고 실제로 그렇게 된다. 어느 날 김진아는 다른 아이와 하교하기 시작했고 앨리스는 그들 뒤에서 천천히, 아주 천천히 걸어가야만 했다. 결코 그들을 앞지르지 않도록. 그들의 눈에 띄어 굴욕감을 느낄 필요가 없도록. 그러나 김진아와 그녀의 친구는 뒤돌아보지 않는다. 그들은 앨리스를 발견하지 못한다.

어느 월요일 앨리스와 김진아가 지하철역에서 마주친다. 정확히 말하면 앨리스가 먼저 김진아를 발견했고 김진아의 눈에 띄지 않게 조심스럽게 걸어가는 동안 김진아가 앨리스를 발견했다. 김진아는 앨리스를 알아차리자마자 앨리스를 불렀다.

김진아에게 걸어가는 동안, 앨리스는 고통스러운 설렘을 느낀다. 그녀는 그들이 함께 하교하게 될 것이라고 생각한다.

김진아는 앨리스에게 만원을 달라고 말한다.

앨리스가 지갑을 꺼내는 동안 김진아는 그건 빌리는 게 아니라고 말한다. 김진아가 앨리스에게 사 주었던 샌드위치 값을 갚는 거라고.

내가 많이 사줬잖아. 그치?

앨리스는 김진아에게 만원을 건넨다.

김진아는 근처에서 기다리던 친구들과 합류한 뒤 다른 곳으로 간다. 앨리스는 지나치게 실망하거나 기뻐하지 않으려 애쓰며 아주 천천히 걸어간다.

주방

나는 지옥에서 훔쳐낸 이미지들로 글을 쓴다. 이미지들은 파편적인 비명만을 내지르고 있기에 아무도 그것을 믿으려 하지 않는다. 이미지들은 불완전하고 심지어 거짓이기까지 하다. 그러나 거짓은 진실들의 단편이다. 유일하게 존재 가능한 방식의 이미지들. 날카로운 균열들, 네거티브 필름들, 공포로 흔들린 이미지와 비대한 빛으로 부풀어오른 희미한 영상만이 그곳의 단편이다.

불가능성으로 구부러진 세계에서 나는 이미지를 사유한다. 언어를 사유할 수 없기에 이미지를 사유하고 삶을 살 수 없기에 죽음을 산다. 기억할 수 없기에 기억한다. 내가 오지 않은 곳을. 나는 누구인가? 나는 내가 아닌 것이다.

원고들을 부치는 것을 그만두기로 했는데 어느새 나는 또 그것들을 옮겨적고 출력하고 복사하고 나누어 담고 있다. 복사되고 버려질 때마다 무언가 소모된다. 나는 느낀다. 무언가 닳아 뜯어지는 것을. 바깥으로 보낸 메시지는 발송인을, 입술을, 흐느낌을 잃어버리고 잊힌다. 나는 이미 오래 전에 잊힌 것이고 잊히지 않기 위해 보낸 메시지조차도 이미 잊힌 것이다. 아무도 나를 상상하지 않는다. 아무도 나의 상상을 상상하지 않는다. 이곳은 인공지옥이다.

내 사랑스럽고 가여운 아가. 사산되지 않은 내 아가. 너는 어린 새처럼 건강하구나. 사람들이 어린 새를 어떻게 요리해 먹는지 아니? 가엾은 오르톨랑을 어떻게 요리해 먹는지? 그들은 살아서 바둥거리는 오르톨랑의 작은 두 눈을 뽑는단다. 깊은 곳에 연결되어 있던 신경 다발들이 비어져나와 흘러넘치고 검은 피가 흐르는 두 개의 암흑을 상상하는 것은 어렵지만 불가능하지는 않아. 어려운 것과 불가능한 것은 다르단다.

나는 어려운 것이지만 불가능한 것은 아니라고 믿었지. 그러나 아무도 상상하지 않은 것은 어려울 뿐만 아니라 불가능한 것일지도 모른다는 체념. 오르톨랑은 아직 체념하지 않았단다. 하지만 빛 한 점 들지 않는 작은 상자에 가두어진 여린 새는 검은 두 구멍에서 피를 흘리며 울부짖는단다.

그들은 상자 안에 무화과를 계속 퍼붓는 거야. 오르톨랑은 무화과를 다 먹으면, 하늘에서 떨어지는 계시와도 같은 음식을 모조리 먹어치우면 밖으로 나갈 수 있으리라 믿었단다. 상자 안은 무화과와 어둠뿐이었으니까. 그곳에 오르톨랑 촉새는 없었다. 오르톨랑은 없었어. 오르톨랑은 아직 없었어. 오르톨랑은 그림자조차 없는 검은 암실에서 무화과를 먹었어. 먹었고 먹었고 먹고 또 먹었어.

오르톨랑은 비대해졌다. 두 배 세 배, 그 정도로는 안 되지. 네 배 다섯 배는 더 비대해졌어. 오르톨랑의 여린 다리는 금방이라도 부러질듯했고 오르톨랑의 창자는 부드럽고 풍만하게 부풀어올라 그 애의 가죽을 밀어젖혔지. 오르톨랑은 당장이라도 터질 것 같았어. 찢어질 것 같았어. 숨이 가빠 죽을 것 같았어. 하지만 죽지 않았어. 아직 죽지 않았어. 아직, 아직.

그가 오르톨랑을 상자에서 빼낼 때 오르톨랑의 상자에는 무화과가 조금도 남아있지 않았단다. 그곳은 오르톨랑과 어둠, 혹은 오르톨랑의 부재와 어둠뿐이었지만 그 완벽한 어둠을 증언하는 것은 불가능하지. 오르톨랑을 끄집어내기 위해 그들은 오르톨랑의 어둠을 으깨 부수었으니까. 그곳에는 빛이 있었고 넘쳐나는 빛, 무용한 빛, 눈 먼 오르톨랑이 두 개의 눈구멍이

볼 수 없는 빛이 있었고 오르톨랑은 흐느낄 수조차 없었어. 오르톨랑의 눈구멍은 이제 두 개의 무감각한 광학기계조차 아니었고 오르톨랑이 짖어대는 어둠의 시차를 아무도 느낄 수 없었고 아무도 상상할 수 없었고 아무도 상상하려 하지도 않았어.

그들은 오르톨랑의 부드럽고 비대한 두 허벅다리를 붙잡고는 아르마냑 통에 빠뜨렸지. 황금빛 액체 속에서 오르톨랑은 공기 중의 물고기처럼 비명을 질렀어. 물고기처럼 침묵했어. 뻐끔거리는 공기 방울들이 위로 위로 올라가는데 오르톨랑은 점점 가라앉았어. 황금빛의 달콤한 액체가 오르톨랑의 폐와 위장에 스며들었고 오르톨랑은 물고기처럼 침묵했어.

아이는 물고기처럼 조용했다. 나는 오르톨랑의 이미지 조각들을 우편 봉투에 나누어 담아 정리하고 있었다. 내일 이 이미지들은 어디에도 닿지 않고 사라질 것이다. 나는 내가 보낸 것을 결코 잊을 수 없겠지만 그것을 받은 자는 아무도 없겠지. 나는 이미지들의 날카로운 파편에 찢겨 피투성이인데 내가 피 흘리며 부친 검은 빛의 몽타주는 대체 어디로 사라지는가?

연락은 오지 않았다. 나는 이미 알고 있었다. 알고 있으면서도 나는 오직 낭비되기 위해, 오직 사라지기 위해 부친 것이다

(그러나 결코 나는 사라지기 위해, 낭비되기 위해 보낸 것이 아니다). 반복, 반복, 반복. 부재와 무응답의 반복, 반복, 반복, 불가능성의 반복, 반복, 반복, 그러나 어떠한 가능성은 끔찍하게 피 흘리며 물고기처럼 뻐끔뻐끔 비명을 지르는데 그들은 오르톨랑이 끝까지 침묵했다고 했지. 오르톨랑이 온순하고 비대한 침묵으로 그들의 혀를 애무했다고 말했지.

오르톨랑의 창자는 브랜디로 부풀어 올랐단다. 폐와 심장과 위가 얼마나 달콤한 분홍빛으로 비대해졌는지 그들은 곧 알게 되었지. 그들은 익사한 오르톨랑을 오븐에서 6분 혹은 8분 가량 구운 후 깃털을 모조리 뽑고 하얀 접시에 담아 내왔지.

그들은 신에게 들켜서는 안 된다는 전통에 따라 하얗고 순결한 냅킨을 뒤집어쓰고 오르톨랑을 먹었지만 사실 신은 그들의 입속에 있었어. 신은 브랜디로 부풀어오른 황홀한 창자로 그들에게 입 맞추고 있었지. 예고된 기적으로. 하얀 가면 속 숨겨진 얼굴들과 맞닿은 어린 새의 문드러진 얼굴이 어떤 표정을 짓고 있는지 그들은 기억하지 못했지. 새는 아마 울고 있었을 거야. 혹은 웃고 있었을 거야.

하얀 냅킨으로 감싸인 은밀한 전시의 공간은 오르톨랑의 향취와 미소, 적막한 비명을 증폭시켰고 그들은 그 모든 느낌과 웃음이 고기의 달콤한 향기일 뿐이라고 믿으며 어린 촉

새의 머리를 잡은 채 다리부터 먹었지. 작은 새의 살을 쪽쪽 빨아내는 검고 푸른 입술들. 그들의 입술은 브랜디와 새의 기름으로 번들거렸고 그들은 날개뼈와 다리뼈 가슴뼈 큰 뼈들은 뱉어가면서 쪽쪽 빨았어. 탐욕스러운 어린아이처럼 쪽쪽. 쪽쪽. 무엇보다 부드럽고 달콤한 내장이 그들의 잇새에서 터졌고 황금빛으로 장식된 화려한 피가 그들의 긴 목구멍을 적셨어.

그 애의 눈은 이미지의 부재로 반짝였다. 나는 아이의 검은 눈에서 범람하는 이미지의 부재를 응시했다. 어린 새들의 죽음이 차려진 식탁 위에 올라가 춤을 추는 사람들. 악단은 블루스를 연주하고 사람들은 춤을 추었어. 도래할 달콤한 향연을 예비하며 그들은 웃고 시를 읊었어. 삶과 비극이 얼마나 아름다운지 그들은 노래했지. 죽음은 향연의 일부였고 향연은 죽음의 일부였고 오븐 속에서 달구어지는 노릇노릇한 시체와 은빛 포크에 꿰뚫린 돼지의 붉은 살. 그것이 얼마나 아름다운 축제였는지 시인들은 노래했어. 보여서는 안될 것이 보이는 동안 보여야 하는 것은 보이지 않는 것이었어.

지옥에서 훔쳐낸 이미지들, 불가능으로 구부러진 불구의 세계. 그것을 나는 보냈지, 얘야. 오늘도 보내고 그 전에도 보냈어. 하지만 아무도 연락하지 않는구나. 아무도 내게 다른 이미지를 요구하지 않는구나. 아무도 내 이미지를 상상하지 않는구나. 그것은 보일 수 있는 것인데 보이지 않는다고 하는구나.

너도 보이지 않니? 공전하지 못한 숨결에 우주가 녹아내리는 동안 은하는 개의 시차를 자전하고 사람들의 눈이 검고 차가운 광학기계가 될 때 나는 사람의 형상을 훔치려 땅을, 지옥을 파는 거야. 손톱은 검게 변하고 피가 흐르고 나는 그곳에서 몇 개의 훼손된 빛들을 주워 모았는데 그것이 보이지 않는다고 사람들은 그러는 거야. 아니 사실은 보이지 않는다는 말조차 그들은 하지 않는 거야.

너는 내 가장 충실한 관객이란다. 너는 보이지 않는다고 말해주지만 그들은 하지 않으니까. 보이지 않는다고 말하는 건 너뿐이니까. 무응답은 지긋지긋해. 그렇지 않겠니. 나는 지긋지긋해. 나는 더 이상 보내지 않으려 했지만 보내지 않고 무엇을 살아야 할지 모르겠구나.

나는 일기를 쓴 게 아닌데. 나는 보내기 위해 편지를 썼는데. 나는 아르마냐 통의 바깥으로 보내기 위해 물거품으로 시를 썼는데 아무도 읽지 않는구나. 그가 읽었는지 읽지 않았는지 익사해 죽어버린 나는 영원히 알 수 없을 테지(그러나 분명 읽지 않았을 거야. 읽지 않았을 거야. 왜냐하면 사실 나는 알고 있으니까. 물거품으로 쓰인 글을 읽을 수 있는 이는 없다는 것을). 나는 내 아이의 눈에서 반짝이는 그림자를 멍하니 바라보았다.

인간의 이미지는 브랜디 통에 잠긴 오르톨랑과 분리할 수 없단다. 그곳에서의 파괴에는 잔해조차 남지 않았지만 나는 잔해의 네거티브 필름으로 글을 썼단다. 이미지가 불가능한 곳에서 나는 이미지의 불가능한 파편으로 글을 썼단다. 나는 그것이 가능한 일이라고 생각했지.

나는 상상할 수 있었어. 상상할 수 없는 것을 상상하기 위해 나는 죽었단다. 말할 수 없음에, 상상할 수 없음에, 소통할 수 없음에, 그 쉬운 말에 인간을 삶을 신을 의탁하지 않기 위해. 나는, 살해자는 오르톨랑의 죽음을 증언했단다. 살해자는 오르톨랑의 몸의 기억과 사물의 기억과 익사의 순간, 잊힘, 충격, 오아시스처럼 솟아나는 검은 피의 울림을 증언했단다.

나는 살해자지만 죽은 오르톨랑들에 대해 썼단다. 오아시스처럼 솟아나는 검은 피. 진실의 순간들. 하얀 대지 위 검은 시체들의 시차. 검게 타버린 오르톨랑. 오르톨랑. 오르톨랑의 날개를 찢는 동안 아무도 울어주지 않았지. 나는 그 와해된 몸에 얼굴을 끼워넣는 대신 얼굴 없음을 노래하려 했어. 얼굴을 강요하는 폭력들에 지쳐버렸으니까.

오르톨랑. 오르톨랑. 오르톨랑. 나는 오르톨랑이 아니지만, 살해자일 뿐이지만 글을 썼어. 나는 오르톨랑의 브랜디통 안에 있지 않았지만 그곳이 아닌 다른 곳에서 익사하고 있었어. 나는 내게 유일하게 가능한 물거품으로 지옥의 이미지들을 주워모아 몽타주를 만들었어. 아무도 읽지 않을 몽타주.

그건 읽히기 위해 쓴 글이니?

누군가 이렇게 말했지. 하지만 대개는 그런 말조차 없었어. 아무도 읽지 않았으니까.

물론 나는 읽히기 위해 피투성이 면류관을 엮어 만든 거예요. 나는 읽히기 위해 보냈어요.

나는 그렇게 대답하지 못했지. 질문을 던진 이는 그림자조차 남기지 않고 떠나갔고 나는 질문과 함께 남겨진 채로 물고기처럼 뻐끔거리고 있었어. 하얀 밀가루 위의 검붉은 고깃덩이들. 설명할 수 없는 순간을 물질화하는 빛의 파열들, 아르마냑의 오묘한 향기, 나는 그것들을 주워 모아 몽타주를 만들었지. 잘려나간 날개의 피투성이 그림자로 그것을 던져올렸는데 아무도 보지 않았어. 아무도 연락을 주지 않는단다. 얼굴을 태우고 눈을 멀게 하는 오븐 속의 붉은 바람이 하얀 모래 산을 불태우고 짐승의 살과 뼈, 재로 만들어진 콘크리트로 지은 인공지옥에서 나는 언어를 잃은 채 물거품으로 중얼거리고 있어.

서로 다른 질감과 빛깔의 물거품들을 그러모아 글을 썼는데, 목숨을 걸고 그것을 보냈는데 아무도 읽지 않았지. 아무도 보지 않았지. 그것을 발견했을 자들, 그것을 받았을 잠재적 수취인들은 아무도 그것을 믿지 않았지. 물거품들은 침묵일 뿐이라고 그들은 말했지. 고립과 죽음에 강요되는 침묵. 침묵. 침묵.

나는 조용한 아이가 아닌데 어릴 때부터 사람들은 내가 조용하고 얌전한 아이라고 말했어. 왜냐하면 내게는 얼굴이 없으니까. 나는 어린 오르톨랑처럼 작았고 들리지 않는 말만을 계속 지껄였으니까. 나는 물거품으로 노래하고 있었으니까. 그들은 내가 지나치게 조용하고 얌전한 아이라고 입을 모아 이야기했지.

나는 죽음의 이미지들의 미약한 호흡을 집요하게 그러모았고 그래서 미치고 말았단다. 살아 있는 시체들. 살아 있는 유령들. 유령들에게도 삶이 있다는 걸 알고 있니? 나는 수백 번 죽은 뒤에도 계속 살아 있단다. 현실을 은폐하고 변형하는 암호를 가진 사람들은 내가 조용하다고 말했지. 조용하다는 것은 하얗고 중성적인 언어야. 조용함을 의심하는 이는 아무도 없었어.

죽음으로도 사라질 수 없었던 언어의, 침묵의, 물거품의 말살을 위해 그들은 오르톨랑의 물거품으로 가득 찬 브랜디통을 전부 비워냈단다. 절멸의 음각된 기억마저도 망각 되어야 할

흔적이었으므로 그들은 오르톨랑을 기억하는 자들을 모두 독살하려 했단다. 오르톨랑의 부풀어오른 위장은 황금빛의 독을 담고 있었단다. 하지만 그것이 독이라는 사실을 많은 사람들은 알아차리지 못했고 그들은 아무런 고통도 없이 울고 웃으며 향연을 즐겼지. 독에 목 졸려 죽은 것은 오르톨랑뿐이었을지도 몰라.

이미지가 불가능한 곳에서 나는 이미지의 훼손된 파편을 삼키려 했지. 내 목구멍은 찢겨서 출혈하고 있었고 나는 피로 코팅된 물거품들을 게워내며 그 모든 비가시성을 드러내려 했지. 나는 살아 있었으니까. 죽음들은 살아 있었으니까. 시체와 생명은 물질의 관성적인 연장이 아니었으니까. 그것은 미치게, 음험하고 끔찍한 방식으로 웃으며 살아 있었으니까. 살아 있으니까. 나는 그 위험한 이미지를 그러모았지. 그 위험한 삶을 살아내고 위험한 죽음들을 삼키려 했지. 마비된 손가락으로 글을 쓰고 떠내려간 물거품으로 언어의 이미지를 형상화하며. 나는 보이지 않음을 드러내는 검은 안개가 되려 했어.

나는 귀신의 얼굴을 들여다본다. 테두리부터 무너져내려가는 희미한 반점들. 귀신의 얼굴 없음을 들여다본다. 그들은 귀신이 두렵기 때문에 존재하지 않는다고 했다. 그들은 존재하지 않는다고 했다. 두렵기 때문에, 그들은 유령이 존재하지 않는다고 했다. 하지만 나는 보았다. 유령들. 유령들을. 너무 많은 유령들의 삶을.

나는 잠에서 깨어날 때마다 혹은 잠들 때마다 내 이마에 맞닿은 귀신의 차갑고 둥근 이마를 느낀다. 그녀의 얼굴을 자세히 들여다볼수록 그녀의 얼굴은 초점 바깥으로 흐릿하게 사라진다. 난독증자가 문장을 읽어내려가려 애쓰듯 나는 귀신의 얼굴을 바라보려 하고 실패한다. 얼굴은 찰나의 이미지, 부서진 검은 빛의 파편으로 출현한다. 정확한 순간에 주워 모으지 못하면 으스러져 사라지고 마는 사라짐. 나는 사라짐의 잔상을 그러모은다.

난 귀신의 이마를 짓누르며 일어나 부엌으로 갔다. 거실과 부엌 사이의 비좁은 공간에 아이가 웅크리고 앉아 있었다. 그 애의 지나치게 증폭된 그림자가 내 이마를 어루만졌다. 나는 휴대폰을 들어올려 그 애의 그림자를 촬영했다. 그림자로 뒤범벅된 화면의 한쪽 구석에 그 애의 하얀 살이 있었다. 그림자의 안개와 하얀 흔들림.

그 애가 깨어났고 나는 렌즈를 옮겨 그 애의 희고 검은 얼굴로 향했다. 내가 무어라 말했고 아이는 웃기 시작했다. 특별한 말도 아니었다. 기억도 나지 않을 사소한 농담. 아이의 웃음은 너무도 돌발적이고 갑작스러워서 나도 웃음을 참을 수 없었다. 렌즈의 투명한 피부를 사이에 두고 우리는 마주 웃었다. 우리는 우리가 끝 없이 깊은 우물처럼, 미쳐버린 귀신처럼 웃고 있다는 것을, 우리의 사진이 어느 방향으로든 현상될 수 없으리라는 것을 잘 알고 있었다. 그럼에도 우리는 마치 다른 사람에게 보여주기 위한 것처럼, 보여줄 수 있는 것처럼 깊게 웃었다.

생일 파티

 어린 시절 나는 어린 설탕 과자들과 함께 파티를 벌였다. 우리는 춤을 추고 생일 축하 노래를 부르고 함께 촛불을 껐다. 하얀 생크림 케이크는 희고 달콤한 가슴 위에서 연기가 되어 사라지는 붉은 불을 황홀하게 바라보며 말했다. 소원을 빌어.
 그래, 소원을 빌어! 케이크 위에서 손을 맞잡고 —이상한 일이다. 설탕 과자들에게는 손이 없으니까. 설탕 과자들에게는 감정도 없으니까. 그들은 나처럼 투명하게 텅 비었으니까. 그러나 우리의 결절점에 맺히는 끈적거리는, 빌어먹을 감정들을 우리는 비워낼 수 없다.— 둥글게 돌며 소리쳤다.
 소원을 빌어. 어린 설탕 과자들은 케이크의 몸 속에서, 케이크의 피부 위에서 환희에 찬 비명을 질렀다.

소원을 빌어.

나는 눈 앞에 있는 달콤하고 맛있는 케이크를 먹고 싶다고 소원을 빌었다.

설탕 과자들은 절망적인 비명을 지르며 말했다. 너는 우리를 속였어. 너는 우리를 배신했어.

하지만, 하고 나는 말했다. 나는 배가 고파. 나는 너희처럼 달콤하고 부드러운 걸 먹어본 적이 없어. 소원은 뭐든지 빌 수 있는 거잖아. 나는 참을 수 없이 달콤한 향기에 이끌려 맨손으로 케이크를 파내어 먹었다.

설탕 과자들은 비명을 질렀다. 제발 그만 해.

케이크의 부드러운 생크림 가슴이 흉하게 파여갔다. 제발 그만해. 이제 우리를 놓아 줘. 제발, 제발 그만해.

미안, 하지만 나는 배가 고파. 그리고 너희는 너무 맛있어. 다른 모든 아이들이 케이크를 먹는데 어째서 나는 먹으면 안 되는 거야? 게다가 오늘은 내 생일이라고!

제발 이러지 마. 모든 아이들이 케이크를 먹는 건 아니야. 케이크를 먹지 않아도 너는 살아갈 수 있어. 게다가 우리는 친구잖아. 우리는 오늘 함께 노래를 부르고 놀았잖아. 우리는 네 생일을 진심으로 축하했는데!

나는 대답했다. 케이크를 먹지 않고는 살아갈 수 없을 것 같다고. 그리고 미안하다고. 미안해. 오늘 너희와 함께 노래를 부르고 춤을 췄던 걸 잊을 수 없을 거야. 오늘 너희가 내게 생일 축하한다고 말하던 목소리를 영원히 잊을 수 없을 거야.

 Happy Birthday!

 내 태어남은 오래도록 잊혀 있었어. 너희가 축하해주기 전까지, 너희가 나를 위해 춤을 춰주기 전까지.

 어리고 다정했던 설탕 과자들은 더 이상 대답하지 못했다. 그들은 벌써 내 내장 속에 뭉그러져 있었기 때문이다. 나는 느꼈지만 죽은 아이들은 느낄 수 없었다.

천국

 천국처럼 하얀 강아지가 죽었을 때 아이는 울었다. 강아지가 천국처럼 고요했으니까. 아이가 우는 동안에도 아이의 발을 부드럽게 핥아주지 않았으니까. 아이가 나나 하고 불러도 천국처럼 동그란 눈동자로 아이를 올려다보지 않았으니까. 아이가 작고 부드러운 머리를 쓰다듬어도 아이의 품으로 안겨들지 않았으니까.
 나나는 천국에 갔단다.
 엄마가 말했다. 나나는 천국에 가서 행복하다고. 천국은 행복한 곳이니까 천국에서는 행복하지 않을 수 없다고. 나나는 천국에서 달콤한 혀를 길게 빼며 아이의 발을 핥고 나나의 부름에 답하며 천국처럼 동그란 눈동자로 올려다보고 아이의 품으로 안겨들고 있다고. 아이가 원하는 나나의 모든 몸짓은 천국에 있다고 엄마가 말했다.

아이는 고개를 끄덕였다. 아이는 엄마의 말을 믿었다.

나나의 차가운 몸은 흙에 묻어 주었다. 입 속처럼 게걸스럽게 벌어진 흙 밑에 나나의 몸을 집어넣고 나서도 아이는 울지 않았다. 나나의 진짜 몸은 천국에 있다고 엄마가 말했으니까. 아이는 엄마를 믿었다. 아이는 천국을 믿었다. 아이는 매일 나나를 부르고 나나를 쓰다듬고 나나를 사랑하고 나나를 끌어안았다. 쓰다듬을 배도 끌어안을 등도 없으면서도 그랬다. 나나는 천국에 있으니까. 나나는 천국에 있고 아이는 천국이 아닌 곳에 있으니까. 아이는 천국을 믿었다

아이는 천국에 가고 싶었다.

아이는 나나를 만나고 싶다고 말했다.

엄마는 언젠가 만날 수 있을 거라고 말했다. 천국에 가게 되면 만날 거라고. 그러니까 나나처럼 착한 아이가 되어야 한다고. 잠들기 전 매일 기도하고 훔치지 않고 때리지 않아야 한다고. 나나처럼 순수하다면 나나를 만나게 될 거라고. 나나가 많이 보고 싶니? 엄마가 부드러운 가슴으로 아이의 머리를 데우며 말했다.

보고 싶어. 아이가 말했다.

나는 순수해?

엄마가 약간 울었다. 그래. 우리 아기는 착하지. 착하고 순수하지. 천국처럼 순수하지.

아이는 나나가 보고 싶었다. 나나는 천국에 있었고 아이는 천국이 아닌 곳에 있었다. 만나기 위해서는 같은 곳에 있어야 한다. 나나가 아이와 함께, 천국이 아닌 곳에 있었던 것처럼. 추상적인 두 존재의 밀접한 접촉, 위치가 한없이 가까워지는 두 존재는 한없이 유사한 상태가 되어간다. 아이는 천국에 가고 싶었다.

그래서 아이는 죽었다. 아이는 천국을 샅샅이 뒤졌다. 하얀 안개와 먼지와 깃털이 시야를 가로막았다. 아이는 나나를 찾을 수 없었다.

아이가 눈을 떴을 때 엄마는 울고 있었다. 엄마는 아이에게 천국에 가면 안 된다고 했다. 아이는 엄마가 우는 것이 슬펐다. 슬퍼서 아팠다. 견딜 수 없이 아파서 아이는 다시는 천국에 가지 않겠다고 약속했다.

그렇지만 아이는 몇 번 더 죽었다. 천국에 가는 것을 멈출 수 없었다. 조금만 더 깊이 들어가면 나나를 찾을 수 있을 것 같았다. 천국에 갈 때마다 아이는 매번 나나를 부르는 것을 잊어버렸다. 나나를 부르면 나나는 아이에게 달려올 텐데. 천국에 갈 때마다 아이는 소리를 망각했다. 살아 있는 것은 오직 한 번만 죽을 수 있다는 사실을 배울 때까지 아이는 강박적으로 죽었다.

천국에서는 매일 연극을 한다.
한 명의 배우도 낙오되지 않는 연극이다. 모든 배우들이 모든 배우들을 소외시킬 수 있는 연극이다. 모든 배우들이 하나뿐인 배우인 연극이다. 모든 배우들이 연인을 갖는 연극이다. 모든 배우들이 천국을 갖는 연극이다. 아이는 천국을 사랑하는 만큼 그 연극을 사랑하고 싶었다.
나나가 은색 왕관을 쓰고 웃는다. 아이가 지상에서 쏟아부은 모든 어루만짐과 모든 부름과 모든 다정함이 그곳에 있다. 천국은 아이를 내쫓지 않는다. 천국은 아무도 내쫓지 않는다. 천국에는 부족함이 없다. 천국은 아무도 죽이지 않는다. 천국에서는 아무도 혼자가 아니다. 천국에서는 죽이고 싶은 모두가 죽이고 죽고 싶지 않은 누구도 죽지 않는다. 천국에서는 늑대와 양의 역할을 정해야 할 필요가 없다. 늑대가 되고 싶은 양들은 늑대처럼 양을 잡아먹고 양이 되고 싶은 늑대는 양처럼 잡아먹힐 수 있다. 천국의 배우들은 원하는 만큼 상대역을 가질 수 있다.

나나가 웃는다. 나나가 아이에게 속삭인다. 기다리고 있었어.

아이가 웃는다.

나나는 천국의 왕이다. 모두가 그곳의 왕이다. 천국에는 신만큼이나 많은 왕들이 있다. 크게 열린 유리 동공에 기만당하는 일도 없다. 촬영되고 싶은 모두가 촬영된다. 모든 이미지들 섬광들 찰나의 부서짐들이 기록된다. 아무도 보지 않는 글도 없다. 헐렁하게 늘어나 질질 끌리는 고통스러운 언어도 없다. 한 조각의 언어도 남지 않는다. 한 조각의 언어도 잊히지 않는다. 한 조각의 언어도 혼자가 아니다.

읽히지 않는 페이지들도 감실을 가득 채운 은밀한 꽃-비밀들도 없다. 죽을 때까지 알려지지 않을 밤들도, 밤의 비밀들도, 비밀을 갖지 못한 텅 빈 인형들도 없다. 진짜 배우들만 가질 수 있는 비밀을 애걸하며 지극히 표피적인 동작만을 서글프게 연기하는 대역 배우들도 없다.

천국에서는 매일 연극을 한다. 모두가 처형당할 수 있다. 모두가 처형할 수 있다. 모두가 살인자 배교자 부활자 신성한 자가 될 수 있다. 모두가 비극적인 죽음을 맞을 수 있다. 천국에는 무한한 죽음이 준비되어 있으니까. 절망적으로 화려하게 흩뿌려지는 붉은 장식과 함께 온갖 시선들과 함께 죽을 수 있다. 누구나 연인을 위해 죽을 수 있고 연인과 함께 죽을 수 있고 연인을 대신하여 죽을 수 있다. 특별한 운명 없이도 죽을 수 있다. 자살에 실패하는 일도 없다. 모든 죽음이 성공한다. 실패조차 성공한다. 비밀이 되어버린 유언도 없다. 아무도 보지 않는 곳에서 피었다가 돌이킬 수 없이 훼손되어 버리는 끔찍한 언어도 없다. 한 명의 독자도 갖지 못하는 언어는 없다.

그러나 어디에도 없는 것들은 천국에 있다. 어디에도 있을 수 없는 모든 것들이 천국에 있다. 가령 길을 잃은 아이의 속마음 같은 것. 전단지에 붙은 편평한, 바래어가는 얼굴의 뒷면 같은 것. 로드킬당한 고양이의 유언 같은 것. 글 쓰는 사람의 절망적으로 긴 소설들, 악성코드로 휘발되어버린 어떠한 문자열들-아무에게도 알려지지 않을 그러나 알려지고자 애걸했던, 이제는 알 수 없게 되어버린 언어 같은 것. 무명 작곡가가 직접 부숴버린 기타 같은 것, 페이지 순서를 알 수 없게 되어버린 악보 같은 것, 좋아요를 받지 못한, 아틀리에에서 서툴게 촬영한 유화 같은 것, 더 이상 보관할 공간이 없어 어딘가에 버려야 했던 채색된 캔버스들 같은 것, 잠든 보호자의 머리맡에서 강아지가 밤새도록 웅얼거렸던 소망 같은 것.

천국에는 존재하지 않는 모든 것들이 존재한다. 천국에는 불가능한 모든 것들이 있다. 천국에는 양립 불가능한 모든 것들이 공존한다. 순결과 죽음, 0과 무한, 탈존과 존재, 갈망과 포만, 불행과 행복, 불가능과 가능, 무질서의 질서, 불멸자의 부활. 천국에서는 모든 불가능이 가능하다. 천국에서는 모든 필멸이 불멸한다. 천국에서는 모든 것이 죽을 수 있고 죽음은 사라지지 않는다. 천국에서는 모든 것이 변하고 변하지 않는다는 사실은 변하지 않는다.

   천국은 불행하다. 천국에는 행복한 불행이 있다. 행복한 불행은 극심하고 달콤한 슬픔이다.

   천국에는 견딜 수 없는 슬픔이 있다. 아이는 그 이유를 알 수 없었다. 그러나 천국은 슬펐다. 죽음이 슬픈 것과는 다른 방식으로.

교실

앨리스는 학교에서 가장 못생긴 여자아이였다. 그녀는 매일 다른 아이들의 얼굴을 유심히 살피며 그것을 확인했다. 그녀가 제일 못생겼기 때문에 그녀는 홀로였고 그녀가 제일 못생겼기 때문에 그녀의 홀로임은 정당화되었다. B가 오기 전까지는 그랬다.

B는 지나치게 작았다. 눈도 코도 턱도 이마도 입도 목도 어깨도 손도 발도 지나칠 정도로 작았다. 괴기스럽게 느껴질 정도였다. B는 전학을 오던 순간부터 완벽하게 혼자가 되었고 그 홀로임은 당당했다. B가 그 누구와도 비교할 수 없을 만큼 못생겼기 때문이었다.

앨리스는 더 이상 가장 못생긴 여자아이가 아니었다.

앨리스는 더 이상 가장 못생긴 여자아이가 아니었다. 그런데도 그녀는 혼자였다. 이제 그녀의 고독은 완벽하게 정당화될 수 없는 것이었다.

B는 특출날 정도로 못생겼기에 모두의 관심을 받았다. 아이들은 B의 친구가 되기를 원하지는 않았지만 흥미로운 생물을 관찰하듯 B의 불행을 집요하게 응시했다. B는 태연했다. 그의 끔찍하게 작은 눈은 아무것도 보고 있지 않은 것처럼 느껴졌다.

쉬는 시간에는 B를 구경하기 위해 창문 밖으로 다른 반 아이들이 몰려들었다. B의 얼굴을 우스꽝스럽게 그린 낙서들이 교실 곳곳을 오갔다. 누구나 B를 조롱할 수 있었다. 누구나 B를 미워할 수 있었다. 누구나 B를 사랑할 수 있었다.

그러나 B를 질투하는 것은 오직 앨리스뿐이었을 것이다. 그녀는 B를 살해하는 꿈을 꿀 정도로 B를 질투했다. 그녀의 질투를 받는 B가 견딜 수 없이 부러워서 그녀는 다시 B를 질투했다. 질투하는 것을 그만둘 수 없었다. 미워하는 것을 멈출 수가 없었다. B가 아무것도 받지 않기를 바라면서도 그녀는 계속해서 그에게 집요한 감정을 투사했다.

아, 그녀가 스스로를 질투하거나 사랑하거나 미워할 수 있다면, 모두가 스스로에게 그러한 슬픔을 투자할 수 있다면,
　모든 빛을 반사시키는 투명한 허공 같은 것은 없었을 것이다.

　앨리스는 투명했다. 더는 투명해질 수 없을 정도로 모든 시선과 감정과 에너지를 B에게 쏟았다. B의 흉측함으로부터 눈을 돌릴 수 없었다.
　그녀는 가장 절망적인 방식으로 B를 사랑하고 있었다.
　조금만 더 못생겨진다면 B처럼 조롱받을 수 있을지도 몰라. 조금만 더 못생겨진다면 B처럼 사랑받고 B처럼 동정받고 B처럼 미움받을 수 있을지도 몰라. 그녀는 생각했다.
　꿈 속에서 앨리스는 하얀 빵칼로 그녀의 연약한 미소를 깊게 베어냈다. 하얀 반죽이 벌어진 살에서 꾸역꾸역 흘러나왔다. 그녀는 거울에 비친 불구가 죽고 싶을 정도로 아름답다고 생각했다. 그러나 꿈 바깥에서는 도저히 그렇게 할 수 없었다.
　그녀는 스스로를 해칠 수 있을 정도로 스스로를 미워하지 않았으므로.
　그녀는 스스로를 해칠 수 있을 정도로 스스로를 사랑하지 않았으므로.

결국 그녀가 할 수 있는 일은 B를 모욕하고 B를 저주하고 B를 사랑하는 일뿐이었다. 모든 아이들이 그렇듯 B를 더욱 절망하게 만들고 B를 더욱 불행하게 만드는 일뿐이었다. B는 모욕과 증오를 받고 더욱 짙고 깊은 흉측함으로 베일 것이다. 그것은 못 견디게 아름다울 것이다. B는 고요한 환희를 닮은 비극 속에서 살 것이다. 시선을 끄는, 용서받을 수 없는 아름다움 속에서(너무나 흉측한 것은 너무나 아름다우니까). 그녀는 B의 불행에 그녀의 모든 떨림을, 슬픔을, 응시를 바칠 수밖에 없을 것이다. 그녀가 그토록 원했던 그 응시를. 그녀가 그토록 원했던 저주와 질투, 불온한 열기를.

쟤를 망쳐버리고 싶어. 쟤가 이렇게 화려하게 불행하지는 않았으면 좋겠어. 쟤가 두루뭉술해지고 행복해지고 흐릿해져서 거의 없는 것처럼 사라지는 걸 보고 싶어. 그런데 한 번 존재하기 시작한 인간을 한 번도 존재하지 않은 것처럼 지워버릴 수는 없단 말이야. 쟤가 미워. 어쩌면 쟤는 친구도 사귀게 될지 몰라. 적어도 쟤한테 친구가 없다는 건 전교생이 알고 있어. 나한테 친구가 없다는 건 아무도 모르지. 아무도 나를 미워하지 않고 아무도 나를 연민하지 않고 아무도 나를 비웃지 않으니까. 아무도 나를 죽이러 오지 않을 거야. 아무도 나를 조롱하러 오지 않을 거야. 아무도 내 얼굴을 그리지는 않아. 쟤가 오기 전엔 내가 여기서 제일 못생긴 애였는데 아무도 그걸 알려고 하지 않았어. 오직 나만 알고 있었어.

앨리스는 미움받기 위해 무엇이 필요한지 알고 있었다. 사랑받고 그 뒤에 배신하는 것이다. 그러나 사랑받지 못한다면 어떻게 배신할 수 있겠는가? 그녀는 아무도 배신할 수 없었다. 그녀 자신조차도 배신할 수 없었다.

원하고 포기하고 원하고 포기하고 원하고 포기하고 원하고 포기하고 죽을 때까지.

앨리스는 수업 시간에 뺏기기를 바라며 음탕한 시를 교과서 한쪽에 끄적거린다. 그러나 아무도 그녀에게 관심이 없다. 선생님은 그녀의 교과서를 빼앗아 과장된 엄숙함으로 읽어내리지 않는다. 아이들이 그녀를 조롱하지도 않는다. 만약 그녀가 충분히 용감했다면 수업 도중에 자리에서 일어나 그 시를 읽었을 것이다. 그녀는 읽지 않았고 누군가 그녀를 훔쳐내어 호명해 주기만을 기다리고 있었다. 언제나 그랬듯이, 그녀는 기다렸다.

다만 희망하지 않으려고 필사적으로 노력하면서 그녀는 기다리고 있었다.

수업이 끝나고 아이들이 교실 밖으로 나간다. 앨리스는 B의 유달리 평평한 옆얼굴을 훔쳐본다. 저렇게 작은 머리로도 생각을 할 수 있을까? 저렇게 작은 머리로도 아플 수 있을까? 저렇게 작은 머리로도 절망할 수 있을까? 저렇게 작은 머리로도 슬플 수 있을까? 저렇게 작은 머리는 희망밖에는 담아낼 수 없을 거야. 앨리스는 자신의 머리를 잘라내고 피를 울컥울컥 뿜아내는 목 위에 B의 작고 흉측한 머리를 붙이고 싶다고 생각한다.

그녀가 B를 훔쳐보고 있을 때 B가 불현듯 고개를 돌렸다. 비참할 정도로 작은 두 눈이 앨리스를 똑바로 응시했다. 앨리스는 사로잡힌 새처럼 꼼짝도 할 수 없었다. B가 앨리스의 자리로 걸어왔다.

앨리스.

그 애가 앨리스의 이름을 불렀다. 그 애는 앨리스의 이름을 알고 있었다. 그녀가 가르쳐준 적도 없었는데. 앨리스는 일부러 그 애의 이름을 부르지 않았다. 그녀는 분명히 B의 이름을 알고 있었지만 기억하지 못하는 척했다.

우리 친구 할래?

B는 초등학교 교과서에 나와 있는 지문을 읊듯이 무척 다정하고 어설프게 말했다. 세상에, 그 애는 끔찍하게 순진했다. 앨리스는 B가 서툰 것이 너무나 마음에 들었다. 아마 얜 아무하고도 사귀어본 적이 없을 거야. 그러니까 이렇게 이상하게 말하겠지. 얜 아무하고도 대화해본 적이 없는 거야! 불쌍해. 그러니까 아무도 얘랑 자연스럽게 대화를 나눌 만큼 얘를 좋아하지는 않았던 거야. 얘는 친구랑 싸워본 적도 없을 거야. 얜 친구랑 비밀 얘기를 나눠본 적도 없을 거야. 얜 친구랑 카톡해본 적도 없겠지. 얜 생일파티에 초대받아본 적도 없겠지. 얘는 자기 생일파티를 열 수도 없었을 거야. 얜 죽을 때까지 친구를 사귈 수 없을 거야. 얘가 가진 희망은 철저하게 배반당할 거야. 얘는 아무것도 가질 수 없을 거야. 얘는 아무것도 바꿀 수 없을 거야. 아무것도 얘를 데리고 떠나지 않을 거야. 나처럼, 나처럼, 나처럼, 나처럼, 나처럼, 나처럼, 나처럼.

앨리스는 너무 행복해서 씩 웃으면서 격렬하게 고개를 저었다.

앨리스가 B보다 못생겼다면 그들은 친구가 될 수도 있었을 것이다.

앨리스는 B를 증오하는 것을 들키고 싶지 않았다. B가 앨리스를 지켜본 것보다 훨씬 많은 시선을 B에게 쏟아부었다는 것을 절대로 들키고 싶지 않았다. 앨리스는 B가 혼자이기를 바랐다. 앨리스는 B가 외롭기를 바랐다. 앨리스는 B가 절망하기를 바랐다. 앨리스는 B가 아무에게도 절망과 고독에 대해 털어놓을 수 없기를 바랐다. 앨리스는 B가 아무에게도 위로받지 않기를 바랐다. 앨리스는 누군가와 손을 잡고 걷고 싶은 만큼이나 B가 혼자 걷기를 바랐다.

그러나 그날 이후로 B는 앨리스의 옆에서 어린 새처럼 그녀를 졸졸 따라다녔다. 앨리스는 B의 옆에서 그녀가 덜 못생겨 보이리라는 것을 알았다. B의 옆에 서 있으면 그녀는 아주 평범한 여자아이인 것 같았다.

그녀는 B와 함께 다니는 것이 절망적으로 싫었기에 B가 그녀의 옆에서 교과서를 읽는 어린아이의 말투로 계속해서 재잘거리는 것에 대꾸하지 않았다.

완고한 침묵에도 불구하고 B는 앨리스를 계속해서 쫓아다녔다. 앨리스가 여자 화장실에 들어갈 때도 그녀를 따라 들어갈 정도였다. 여자 화장실에 있던 아이들은 B를 보고 경악했지만 그 애를 쫓아내지는 않았다. 아이들은 B가 백치처럼 구는 것을 아주 즐거워했다.

  그러나 그녀는 즐겁지 않았다. 세면대에서 액체에 짓눌려 죽어버린 날파리처럼 그녀는 거의 존재하지 않았으니까. 간절하게 존재하고 싶어도 그녀는 거의 없었다. 그녀는 아무것도 아니었다. 여배우도 아니었고 여배우라고 믿는 미친 여자도 그때까지는 아니었다. 그녀는 아무것도 아니었다. 그런데 그 애는 끈질기게 그녀를 쫓아왔다. 그녀를 사랑하지도 않을 거면서, 그녀가 그 애를 미워하는 만큼 그녀를 미워해주지도 않을 거면서 계속해서 그녀를 쫓아왔다.

  그해 겨울에 B는 교통사고로 죽었다. 신호를 보지 못하고 질주하던 파란색 트럭이 그 애를 짓뭉개고 지나갔다.

  혹은 B는 처음부터 없었다. 눈꺼풀 안쪽에 서식하는 초록색 괴물처럼 B는 상상적인 친구에 불과했다.

  가엾고 멍청한 앨리스, 그녀는 B가 사라지기 전까지 B를 대신할 친구와 사귈 수 있으리라 믿었다. B가 아닌 누군가가 그녀를 원하고 그녀의 말을 듣고 싶어할 것이라고 믿었다. 아마 십 년 후의 앨리스라면 B를 기꺼이 사랑했으리라. 하고 싶었던 모든 말, 인간에게 전하고 인간으로부터 듣고 싶었던 모든 말들을 B에게 게걸스럽게 쏟아냈을 것이다. (그러면 B도 도망쳤을지 모르지.) 그런데 그녀는 그렇게 하지 않았다. 그녀는 미래를 이해하기에는 멍청했다. 다른 아이들보다는 슬픔에 대해 조금 더 알고 있었지만 그래도 멍청했다.

B가 교통사고로 죽지 않았어도 그 애가 여전히 앨리스를 쫓아다녔을까?

그녀는 단언할 수 있었다. B에게 친구가 있었다면 그 애는 절대 앨리스를 원하지 않았을 것이다. B가 사람들의 시선이 갖는 의미를 완전히 이해했다면 결코 그녀를 원하지 않았을 것이다. 그 애가 앨리스를 경멸하거나 사랑하는 것에 어떠한 의미도 없음을 이해했다면.

그녀를 싫어하지 않는 사람을 싫어하는 일은 그녀를 손상시켰다.

B는 앨리스가 앉아 있는 책상 옆 비좁은 복도에 자기 의자를 붙이고 앉았다. 교실 끝에는 B의 버려진 빈 책상이 덩그러니 남아 있었다. 앨리스는 B의 작은 숨소리가 그녀의 어깨 옆에서 들려오는 것이 소름 끼치게 싫었지만 B를 쫓아낼 방법은

없었다. 선생님도 B가 그렇게 하도록 내버려 두었다. (B가 너무 못생겼으니까! 그건 거의 병과 다름없었으니까.)

B가 앨리스의 어깨를 건드리며 말했다.
어제 병아리를 죽였어. 학교 앞에서 파는 거 있잖아. 분홍색이었는데 이상한 냄새가 났어.
침묵.
더 일찍 죽이려고 했는데 너무 늦게 죽였어.
침묵.
왜 죽였냐고 안 물어봐?

B가 동그란 눈을 그녀에게 들이대며 물었다.
너무 귀여워서 죽였어. 너무 사랑해버리기 전에 죽였어.

B는 병아리를 믹서기에 넣고 갈던 과정에 대해 상세하게 묘사했다. 어린아이의 서툰 표현력으로. 우리 친구 할래? 하고 묻던 그 다정한 목소리로.
앨리스는 깨달았다. 그녀가 없어도 B는 B일 테지만, 그녀는 아니었다. B에 대한 질투 없이, B에 대한 경멸과 B에 대한 증오와 B에 대한 갈망 없이 그녀는 그녀가 아니었다. 세계에 대한 갈망 없이 그녀는 그녀가 아니었다.
그러나 세계는 그녀 없이도 세계였다.

2장
그녀는 TV 앞에서 함께
시간을 보낸 여자를 꿈꾸었다

아파트

 아파트에서 유령이 발견된다는 신고가 몇 차례 들어왔습니다. 항의를 한 주민분들께 일일이 말씀드렸으나 그럼에도 계속 신고가 들어와 공고문을 작성합니다.
 유령이 존재한다는 것을 반박할 수단은 없습니다. 왜냐하면 정의상 유령은 존재를 발견할 수 없을 뿐 아니라 그 부재 역시도 드러나지 않는 사물이기 때문입니다. 유령이 발견되는 것은 불가능합니다. 여러분께서 그 무엇을 발견하셨든, 그게 발견되었다면 그것은 유령이 아닙니다. 물론 여러분이 발견하신 것이 매우 유령 같은, 혹은 유령다운 사물이었을 수는 있습니다. 유령처럼 거의 보이지 않고 유령처럼 서글프고 유령처럼 오래되고 유령처럼 미결된 무엇이었을 수는 있을 것입니다. 하지만 단언컨대 그것은 유령이 아닙니다.

간혹 아이들이 유령을 발견하고 유령과 함께 놀이를 한다는 이야기가 들려오기는 하지만 그런 소문에는 신빙성이 없습니다. 가장 관대한 해석으로 유령이 유령과 접촉할 수 있다고 하더라도(하지만 신뢰할 만한 심리철학가는 유령과 유령의 접촉 가능성 역시 부인하고 있습니다. 물질을 갖지 못한 심적 존재는 시간과 공간 내에 제 위치를 가질 수 없고 제 자리를 갖지 못한 자들은 어떠한 만남도 가질 수 없기 때문입니다) 말이 되지 않습니다.

예컨대 여러분의 자녀들이 유령과 접촉할 수 있었으므로 유령이었다는 해석을 한다면, 여러분 자녀들의 증언을 들을 수 있었으므로 여러분 역시 유령일 것이고, 그에 대한 여러분의 증언을 들을 수 있었던 저 역시 유령일 것입니다. 이러한 식으로 진행되면 이 대지 위에 존재하는 모든 사물들이 유령이라는 결론이 도출되겠죠. 그것은 고통과 욕망으로 발씬거리는 모든 신체들을 기만하는 해석입니다.

여러분, 저는 유령이 아닙니다. 제가 유령이 아니라면 여러분 모두 유령이 아니고 여러분의 자녀들이 한 증언 역시 거짓 증언이며 여러분 자신이 직접 본 것 역시 유령이 아닙니다. 그것은 유령과 매우 닮았고 심지어 스스로를 유령이라고 믿고 있을 뿐 실은 유령이 아닙니다. 여러분이 그것을 목격하고 증언했다는 바로 그 사실 때문에 유령이 아닌 것입니다. 그러므로 여러분은 제게 유령을 목격했다는 증언을 전하며 동시에 여러분이 유령을 본 것이 아니라는 사실을 증명한 셈입니다.

29번 채널

돼지들, 김현경에게 인사한다.

김현경도 마주 인사한다.

그들은 쌍둥이처럼 닮았다. 김현경의 엄마는 우리 귀여운 돼지, 하고 김현경의 어깨를 끌어안으면서 김현경과 돼지 사이의 치명적이고 거북스러운 유사성을 중화시키려 들지만 김현경은 엄마가 느끼는 어색함을 고스란히 알아차린다.

김현경이 특별히 뚱뚱한 것은 아니다. 오히려 학창시절에 그녀는 지나치게 마른 아이였다. 비쩍 마르고 안경을 쓴, 그래서 누구의 성적 대상도 되지 못하는 여자아이. 아무도 발견하지 못하는 여자아이. 사물함이나 남는 책상과도 같이 교실에 가만히 앉아 있는 여자아이. 굳이 여자일 필요도 없는 아이. 아무도 그녀를 짝사랑하지 않았고 아무도 그녀의 이름을 부르기 위해 그녀의 얼굴이나 뒷모습을 집요하게 바라보지 않았다. 그러나 그때부터 그녀는 돼지를 닮았을지도 모른다. 늑대를, 불가능을 기다리는 자들의 하염없는 슬픔이 그녀로 하여금 사물들의 서글프고 투명한 그림자들을 한껏 흡입하게 만들었을지도 모른다. 투명함이 그녀 안에서 몇 번이고 겹쳐져서 아무도 그녀를 알아보지 못하게 되었을지도 모른다.

그러나 김현경은 그들에게 인사하고 싶었다. 그들을 사랑하고 사랑받고 싶었다. 안녕. 잘 지냈어? 내 이름을 불러줘. 내게 너희의 별명을 붙여줘. 나만의 별명을, 사랑스러운, 애정이 담긴 별명을 너희가 직접 붙여줘. 집에 같이 갈래? 나랑 같이 있어서 재밌다고 말해줘. 웃어줘. 즐거워 해줘. 반짝이는 물기 어린 눈으로 내게 말해줘.

침묵 속에서 매 순간 끓어 넘치는 언어가, 목소리들이 그녀를 질식시킨다. 그녀는 괴상하게 켁켁거리고 아이들은 그녀를 이상하게 바라보다가 곧 무시하고 그들만의 다정한 수다에 몰두한다.

지독하게 아름다워지는 여자애들이 있다. 그녀들을 두려워하거나 역겨워하거나 사랑하는 남자와 여자들이 있다. 혹은,

무기력해서 사랑하는 쪽과 경멸받는 쪽, 그 어느 쪽도 되지 못하는 여자애가 있다.

김현경은 그런 애였다. 아무도 그녀를 사랑하지 않았고 그녀는 스스로를 위한 러브스토리를 만들 만큼 허구의 남자아이를 사랑할 힘도, 독하게, 혹은 독처럼 아름다워질 힘도 없었다.

소녀 돼지가 그녀의 어깨를 끌어안으며 말한다. 네가 사랑받지 못하는 건 네 머리가 기름지기 때문이야. 감아도 감아도 감미로운 기름 냄새가 가시질 않기 때문이야.

소년 돼지가 그녀의 머리를 토닥이며 말한다. 네 머리가 기름진 건 네가 너무 많은 돼지들을 잡아먹었기 때문이야.

남자 돼지가 그녀의 뺨을 쓰다듬으며 말한다. 너무 많은 우리를!

그러나 김현경은 그들을 잡아먹고 잡아먹히는 꿈을 꾸는 것을 그만둘 수가 없었다. 돼지들의 29번 채널은 그녀의 현실보다 더욱 현실이었다. 그건 그녀가 가진 유일한 현실이었다.

사랑받기 위해, 김현경이 아무것도 안 해본 것은 아니었다. 마주치는 아이들에게 인사를 했고 그들이 키득거리는 것을 보았다. 그녀가 충분히 사교적이지도, 예쁘지도 않았기 때문이었다. 그녀는 사교적이 되기 위해 끊임없이 지껄여보기도 했고 상대의 이야기에 바보처럼 고개를 끄덕이며 열심히 들어

보기도 했다. 그러나 그들은 그녀 자신도 발견하지 못한 서툰 점들을 발견했고, 그녀를 곧장 해고했다.

  남은 건 예뻐지는 일밖에 없었다. 김현경은 도수 높은 안경 대신 렌즈를 끼고 교사들에게 걸리지 않도록 연한(그래서 더 어려운) 화장을 한 뒤 등교했다. 치마도 수선해서 줄였다. 그러나 그녀는 누군가가 사랑에 빠질 만큼, 혹은 누군가의 인사를 먼저 받을 만큼 충분히 예쁘지 않았다. 그녀보다 훨씬 능숙한 예쁜 여자아이들이 반에는 넘칠 정도로 많았다. 예쁜 여자아이 역할은 이미 포화 상태였다. 그러므로 그녀는 해고되었고 두 번 다시 새빨개진 눈알에 렌즈를 우겨 끼워넣고 건조한 눈알에 들러붙은 렌즈를 손톱으로 잡아 뜯을 필요가 없었다.

회의장

베를린에서 열린 콘퍼런스 회의에서 동시통역을 요청한 것은 그녀뿐이었다. 그녀가 회의를 끝마쳤을 때, 의장이 그녀에게 다가와 그녀의 발표를 잘 들었다고 말했다. 그는 약간 상기된 얼굴로 매저키즘의 능동적 전유 가능성에 대한 그녀의 제안이 얼마나 기발한지 떠들어댔다.

그녀가 감사하다고, 그것은 단지 하나의 상상에 지나지 않는다고 말하자 의장은 그녀의 영어가 훌륭하다며, 어째서 동시통역을 요청했느냐고 물었다.

그녀가 대답하지 않자 그는 스위스인인, 그러니까 영어가 모국어가 아닌 자신 역시 사적인 자리에서의 영어 담화에는 익숙하지만 공적인 언어는 그와는 달라서 아직도 어렵게 느껴진다고 말했다. 하지만, 하고 그는 웃으며 말했다. 당신의 영어는 당신의 제안만큼이나 훌륭합니다.

그리고 그녀는 대답해야 했다. 그리고 그녀는 감사하다고, 그녀의 영어는 사실 아무것도 아니라고, 그녀의 모어가 아무것도 아닌 것처럼 영어는, 언어는 사실 아무것도 아니라고, 그것은 그녀의 인생에 비하면 죽음만큼도 중요하지 않다고, 아니, 죽음만큼이나 중요하다고, 그럼에도, 그러니까 그녀는 그의 말에 매우 감사하고 있으며 그녀에게 더 이상의 감사를 표현할 수 있는 어휘가 허락되지 않았음이 안타깝다고 말해야만 했다. 그러나

그 순간 그녀는 단 한 마디도 할 수 없었다.

그녀는 무엇 하나라도 말하기 위해, 하나의 단어라도, 아주 간단하고 평범한 어휘라도 내뱉기 위해 입을 벌린 채로 있었다. 그녀의 목구멍 근육이 자연스럽게 수축하고 이완해서 그녀가 생각지도 못한, 그러나 생각해야만 했던 어휘를 뱉어내기를 기다리면서. 마치 마법처럼 한 방울의 어휘가 솟아나기를 기다리면서. 그러나 검은 입 속에서는 아무런 어휘도 튀어나오지 않았다.

그 절망적인 적막 속에서 의장은 의아한 기색으로 그녀의

검은 입 속을 바라보다가 곧 끔찍하고 불가해한 수치로 인해 벌게진 얼굴로 저는 일이 있어 이만 가봐야겠습니다, 하고, 그녀의 인사도 기다리지 않고 사라져버렸다. 그리고
  그 순간 그녀는 단 한 마디도 할 수 없었다.

꿈 속

 김현경은 꿈꾸는 그녀를 창백한 눈으로 응시하고 있는 돼지들의 꿈을 꾸었다. 깨어난 뒤에도 그녀는 그들의 검고 불투명한 눈동자의 잔상을 느낄 수 있었다.

 돼지들은 늑대를 기다리고 있다. 29번 채널의 동산에서, 영원과도 같은 사형장에서, 끝과 시작 사이의 무한한 간격 속에서. 늑대는 오지 않는다.
 늑대는 오지 않는다.
 그러나 돼지들은 늑대를 기다리고 있다. 돼지들은 늑대를 기다리는 것을 멈출 수가 없다. 사실 돼지들은 늑대와 직접 약속을 한 적도 없을지 모른다. 다만 그들의 부모로부터 약속을 전해 들었을 뿐일지도 모른다.

우리는 늑대와 약속을 했단다. 우리는 늑대를 기다리고 있단다. 늑대가 우리의 집을 무너뜨리고 우리를 천국으로 보내줄 거란다.

늑대는 오지 않는다. 약속은 지켜지지 않을 것이다. 그것은 사실 그들의 약속도 아니다. 순진한 돼지들, 가진 것은 오직 기다림밖에 없는 돼지들은 약속이 거짓인지 망상인지 농담인지 착각인지, 혹은 일종의 상징인지도 알지 못한다.

그럼에도 돼지들은 늑대를 기다리는 것을 멈출 수가 없다. 왜냐하면 늑대만이, 늑대와의 약속만이 그들이 배운 유일한 언어이므로.

김현경은 깨닫는다. 눈물을 흘리면서, 비명을 지르면서, 김현경은 깨닫는다. 꿈꾸는 여자를 응시하는 돼지들, 꿈꾸는 돼지들을 응시하는 여자. 무한히 반복되는 응시들 어디에도 늑대는 없다. 그녀는 그 사실을 전해야만 한다고 생각한다.

늑대는 오지 않아.

김현경은 TV 화면을 보면서 화를 내고 울부짖는다. 늑대는 오지 않아. 늑대는 오지 않아. 늑대는 오지 않아. 늑대는 절대로 오지 않아. 늑대는 오지 않아. 늑대는 오지 않아!

화면에 반사되어 삐끔거리는 평면의 얼굴. 웅크린 등들. 그녀는 닿지 않을 것을 향해, 불가능한 것을 향해 소리를 높여 고함 지르고 절규한다. 그녀는 마치 그들이 그녀를 듣고 있는 것처럼 말한다. 그녀는 마치 그녀가 들릴 수 있는 것처럼 말한다. 녹화되어 송출되는 형상들, 데이터의 파동, 색점들의 고정적인 움직임, 일정한 시간마다 출력되는 빛의 파동이 그녀에게 열려 있는 것처럼. 그러나 그것은 구멍들이 아니다. 그것은 그녀를 흡입할만한 공간을, 내부를 가지고 있지 않다. TV 화면은, 죽음처럼 오래 기다리는 돼지들은 닫힌 평면에 불과하다.

돼지들은 똑같은 방향을 바라보며 앉아 있다. 그들은 깨닫지 못할 것이다. 그들은 평면 속에서 계속 살아갈 것이다.

김현경은 멍하니 깨닫는다.

김현경은 TV를 향해, 귀먹은 분홍 형상들을 향해 자폐적으로 중얼거린다. 늑대는 오지 않을 거야. 늑대는 오지 않아. 늑대는 오지 않았어. 늑대는 오지 않아. 늑대는 오지 않을 거야.

그녀의 목소리가 점점 커진다. 그녀는 비명을 지르는 것을 멈출 수가 없다. 그녀는 미친 절규를 토해내며 흐느낀다. 늑대는 오지 않아.

돼지들은 기다리고 있다.

TV 앞

여자의 유일한 낙은 TV 시청이다. 온갖 프로그램들 중에서도 그녀는 은퇴한 스포츠 스타들이 나오는 축구 프로그램을 즐겨봤다. 그들의 익숙한 얼굴과 재치 있는 농담, 어설픈 몸동작들이 그녀를 웃게 했고 반드시 승리로 정해져 있지는 않은, 예기치 못한 결과가 드러나는 순간 그들의 진지함이 그녀를 벅차게 했다.

그녀의 시간은 그 프로그램을 중심으로 돌아갔다. 그녀는 한 주가 시작되는 순간 프로그램이 시작하는 날을 상기했으며 매주 D-day를 셌다. 프로그램이 방송되지 않는 시간은 여백에 불과했다. 그녀는 그것을 보기 위해 살아 있었다. 의미와 가치를 잃어버린 세계에서 그녀에게 시간과 생명을 일깨워주는 것은 오직 그 프로그램뿐이었다.

그런데 프로그램이 끝나버린다면?

기다렸던 일주일의 끝에 허탈한 결방 소식을 접할 때마다 그녀는 그런 생각을 하지 않을 수 없었다. 만약 그 프로그램이 끝난다면 그녀의 삶은 어떻게 되는 것일까? 프로그램을 중심으로 나아가고 멈추고 다시 나아가기를 반복했던 그녀의 시간은 완전히 멈춰버릴지도 몰랐다. 세계는 피부병처럼 드문드문 번져 있던 반점들을 잃고 완전히 검게 죽어버릴지도 몰랐다. 기다리는 것이 없다면, 기다림 끝에 아무것도 없다면, 그래도 시간은 존재할까?

그럴 것이라고, 그러나 시간은 지금까지와 전혀 다른 형태와 의미를 가지게 될 것이라고 여자는 어렴풋이 예측했다. 해설자의 열띤 음성과 땀이 흐르는 피부의 반짝임, 일정한 방향을 향해 달려가고 있는 사람들의 호흡과 쉽게 찾아오는 클라이맥스로 이루어진 프로그램만이 유일한 존재가치인 여자에게 찾아올 사형선고는 우스꽝스러울 정도로 명확할 것이었다. 그러나 프로그램이 끝날 때까지, 여자는 그것을 위해 살아간다. 사형선고가 이루어진 뒤에도 여자는 죽지 않을 것이다. 목매달린 죄수들의 발밑에서 태어나는 유령들처럼 여자는 자연스럽게 기어가 TV 앞에 앉을 것이다.

프로그램이 종영되면 그녀는 이전에 방영되었던 것을 보고 다시 볼 것이다. 같은 농담, 같은 웃음, 같은 드리블과 같은 골, 같은 함성과 같은 결과를 살고 다시 살며, 되살아가며 살아갈 것이다.

반복되는 모든 일상들처럼.

교실

 잠든 소녀의 눈꺼풀을 아이들이 꿰매었다. 소녀는 고통을 잊을 만큼 깊이 잠들지 않았다. 그런데도 아무것도 느끼지 못하는 척했다. 눈을 열어서 눈꺼풀이 찢어지고 나면 영원히 다시 붙일 수 없게 될까 봐 두려웠기 때문이다. 다시는 밤과 낮을 가릴 수 없게 될까 봐. 어둠과 햇볕을 가리지 못한 채 장님이 되어버릴까 봐. 돌이킬 수 없는 침묵이 눈을 뭉그러뜨려 버릴까 봐. 그래서 소녀는 아이들이 그녀의 눈꺼풀을 바늘로 꿰매버리는 것을, 그런 악몽을 견뎠다.
 눈꺼풀에 촘촘히 난 어설픈 구멍들을 가로지르는 실을 빼내지 않는 한 소녀는 죽음을 닮은 것 속에서 살아야 할 것이다.

눈꺼풀을 열고 구멍들을 찢어 엉망진창으로 열려버린 세계를 받아들이지 않는 한. 껍질도 마개도 없는 구멍. 마치 귀나 성기처럼 무방비하게 열려 있는 그것에는 그녀가 허락한 적 없는 빛들이 구더기 떼처럼 마구잡이로 들끓을 것이다. 멸균할 수도 없는, 먼지같이 이글거리는 표면 위를 아무것이나 드나들 것이다. 그녀가 원하지도 않는 이미지들이 아무 때나, 아무렇게나 엄습할 것이다.

 소녀는 차라리 감은 눈을 선택했다. 누군가 그녀의 눈꺼풀을 가로지르는 실들을 안전하게 절단하고 그녀의 자연스러운 틈을 열어 줄 것을 기다리기를. 청소도구함 속에서 아이들을 기다렸던 것처럼, 혀가 잘린 고양이처럼 얌전히.

TV 앞

김현경은 TV를 보고 있다. 클로즈업된 인간의 얼굴들. 그녀는 그 속에서 돼지들을 찾는다. 그녀가 보기에 모든 배우들은 돼지들이고 늑대를 기다리고 있다. 혹은, 모든 배우들은 돼지들을 연기함으로써만 늑대를 기다릴 수 있다. 인간의 실존의 양식을 결정짓는 제스처와 표정과 언어들. 김현경은 그곳에 머리를 삽입하고 싶다. TV의 표면에 얼굴을 밀어넣고 다른 얼굴들과 충돌하기를 그녀는 원한다.

그녀는 미치지 않았다.

미치지 않았으므로 그녀는 얌전히 앉아 TV를 본다. 그녀는 결코 TV를 부수지 않는다. 줄기가 썩어가는 꽃을 화분 속에 넣어놓은 채 결코 그것을 부수지 않는 시인들처럼. 깨지기 전까지는 도망치지 않는 여자들처럼. 죽어가기 직전까지 병원에 가지 않는 말기 암환자처럼.

그녀는 아직 미치지 않았다. 그녀는 미치지 않은 그녀의 얼굴이 배우의 얼굴 위로 아른거리며 반사되는 것을 본다. 그녀의 눈은 눈꺼풀에 반쯤 뒤덮여 있다. 길게 자란 늑대의 손톱으로 눈을 긁어대어도 그녀는 눈 멀지 않을 것이다. 그녀는 깊게 긁지 않으니까. 그녀의 손톱은 진짜 늑대 손톱이 아니니까. 그녀는 긁고 긁고 긁다가 그만둔다. 그녀는 여전히 무력하게 열린 채로 그녀의 표면에 쏟아지는 이미지들을 본다. 그녀는 미치지 않았다 그녀는 미치지 않는다

그녀는 미치지 않을 것이다.

어젯밤 김현경은 돼지들에게 입맞추며 그들의 입속에 구토했다. 돼지들은 그녀를 삼키고 깔깔거리며 웃었다. 김현경은 조금 놀랐다. 역겨웠을 텐데. 그들은 삼켰다. 어쩌면, 그들은 김현경을 원하기 때문에 삼켰을지도 모른다. 어쩌면, 그들

은 삼켜야만 했기 때문에 삼켰을지도 모른다. 삼켰기 때문에, 김현경을 원하지 않게 되었을지도 모른다. 김현경은 그들에게 사과하고 싶은 것을 필사적으로 참았다.

  그녀가 그들을 원하는 만큼 그들은 그녀를 원해야 했다. 왜냐하면 그들은 그녀의 망상이고 그녀의 어린시절이고 그녀의 TV 프로였으니까. 그러니까 그들은 그녀를 초대해야만 했다. 그녀가 원하는 곳으로. 그들이 있는 곳이 그녀에게는 늑대이고 천국이고 다른 곳임을 그들은 알고 있을까? 그들이 요구한다면 그녀는 기꺼이 그들을 먹을 것이었다. 목구멍 깊이, 가장 깊은 곳까지 밀어넣고 그들을 주물러 뭉그러뜨릴 것이다. 그녀가 그들에게 먹히기를 원하는 만큼, 그녀는 그들을 위해서 그렇게 할 수 있었다.

  그녀는 미치지 않았다.

  그래서 어쩌라고?
  어쨌든, 김현경은 그럭저럭 행복했다. 그녀는 TV에서 노래 부르는 어린 돼지를 향해 말했다. 난 행복해. 어린 돼지는 웃고 있었다. 그래. 우린 행복해. 우리는 행복 속에서 죽어서 천국에 갈 거야.

그녀는 미치지 않았다. 똑같은 책들로 빼곡히 메워진 책장처럼, 그녀는 미치지 않았다. 미칠 만큼 그녀는 용감하지 못하다. 미칠 만큼 그녀는 가난하지 않고 미칠 만큼 그녀는 아름답지도 않다. 김현경은 TV 앞에 얌전히 앉아 있다. 그녀는 무해하다. 그녀는 아무도 물지 않는 개다. 소년들이 그녀의 입 속에 팔을 깊숙이 밀어 넣어도 그녀는 물지 않을 것이다.

리얼리티가 없는 현실. 얼굴에 분홍 페인트가 덕지덕지 묻은 단발머리 여배우가 웃으며 말한다. 현실은 초현실이야!

하얀 욕조에서 우리는 인어를 길렀어. 창백하고 부드러운 피부를 가진 여자였어. 우리는 바다에서 그녀를 처음 발견했지. 산산조각난 햇볕을 뒤집어쓰고 깊은 곳을 들여다보는 그녀가 너무 아름다워서 우리는 죽고 싶었어. 푸르고 음산한 몸. 몸은 계속 불어가고 있었어. 몸은 돌이킬 수 없이 불었어. 우리는 이해할 수 없었어. 어째서 그녀가 점점 이상해지는 건지. 그녀는 물 속에서 가장 아름다워야 하는데, 그녀는 끔찍하게 변해갔어. 그녀는 더 많은 물을 요구하고 있었던 거야. 그렇지? 욕조에 담긴 물로는 견딜 수가 없었던 거야. 우리는 그녀를 위해 더 많은 물을 부었어. 그녀는 부풀었어. 하얗게 풀어져서 조금만 만져도 찢어져 버렸어.

연습실

 요제프는 어렸을 때 이후로 바이올린 레슨을 받지 않는다. 공포 때문이다. 그가 가장 소중히 여기는, 가장 반짝이는 그것을 누군가 당당히 들어와 그의 면전에서 비웃을까 봐, 지극히 타당한 권위를 가지고 지적할까 봐, 혹은 무표정하게 침묵할까 봐 그는 두렵다.
 연주가 끝났을 때 돌아오지 않을 그 반응이, 그 침묵의 생생한 질감이 너무도 역겨워서 그는 바퀴벌레처럼 그것을 기피한다. 얼굴 없는 선생들이 그에게 집어 던지는 것을, 심지어는 그것이 바늘이라 할지라도 그는 받아 삼켜야만 할 것이다. 덜덜 떨리는 손으로 활을 그으면서, 끔찍하게 요동치는 어설픈 소리를 직접 들으면서 그는 그 백치 같은 소리가 자신이 아니라고 해명조차 하지 못한 채 그를 향한 연민 섞인 시선을 그대로 감내해야 할 것이다.

아니, 그렇지 않다고 해도, 설령 레슨 선생이 바늘과 눈덩이를 그의 얼굴에 집어 던지지 않는다고 해도, 단지 그의 가장 권위 있는 청중이 될 레슨 선생이 그의 연주를 듣고 감탄하지 않았다는 이유만으로 그는 절망할 것이다. 그는 아마추어 오케스트라와 합을 맞춰 시벨리우스 바이올린 콘체르토를 연습할 수 없을 것이고, 지휘자의 눈에 들어 더 유명한 지휘자와 함께, 더 유명한 오케스트라와 함께 앨범을 낼 수 없을 것이고, 올해의 명반으로 뽑혀 더 유명하고 더 유명한 지휘자와 오케스트라와 함께 도이체 그라모폰 앨범을 낼 수 없을 것이기 때문이다.

레슨 교사는 무표정하다. 교사는 그가 할 수 있는 가장 온정적이면서도 과장되지 않은 미지근한 말들을 골라내고 있다. 요제프는 솔로 바이올리니스트가 될 수 없을 것이다. 교사는 그 사실을 알 것이고 그 자신도 마찬가지다.

그 모든 과정, 그가 이미 끝을 봤고 알고 있음에도 다시 한번 감내해야만 하는 실패의 생생한 과정들이 그를 절망케 한다. 그는 레슨 선생을 구하지 않는다. 그는 그의 비좁고 황량한 연습실에서 거울 속 앙상한 실루엣을 마주보며 홀로 연습한다. 어쩌면 혼자가 아닐지도 모른다. 그림자와 거울상, 작은 반향과 슬픔, 패배감, 질투와 상처투성이 낡은 바이올린, 죽음은 언제나 그의 연주와 함께 한다.

  결국 요제프는 매일 바이올린을 연습하지만 실력은 제자리를 맴돌 뿐이다. 사실 레슨을 받는다고 해서 무언가 나아지리라는 확신이 있는 것은 아니다. 그는 그저 연습하고 연습하기를 반복한다. 틀린 방식을 그대로 고수하면서, 무엇이 틀렸는지조차 알지 못하면서. 어쨌든 무언가를 진정으로 듣고 있는 그의 청중은 거의 그 자신뿐이므로, 그 자신이 알아차리지 못하는 틀린 부분은 사실 틀리지 않은 것과 마찬가지일지도 모른다.

나무 위

 벌거벗은 늙은 여자가 나무에 매달려 있다. 처녀인 그녀의 불가능한 아이들이 그녀를 올려다본다. 서커스 사자의 돌연한 자살을 바라보듯이.
 엄마, 배가 고파요.
 엄마, 당신이 가진 걸 더 줘요. 더. 더. 더. 더.
 늙은 여자의 눈은 동공 없이 새하얗다. 인간의 눈이 아닌 거울의 눈처럼. 여자는 아이들에게 줄 수 있는 모든 것을 주었다. 애정, 분노, 증오, 빵과 물, 심지어는 고통까지.
 엄마,
 그림자와 함께 응달에 숨어 겨울을 나는 얼음처럼 떠나가지 않는 아이들이 여자를 바라본다. 여자는 아이를 낳은 적도, 입양한 적도 없다. 그러나 아이들은 나무에 매달린 여자를 보고 배가 고프다고 흐느끼고 있다. 그들은 누구일까? 대체 어디서 왔을까? 그들은 그녀를 누구와 착각하고 있는 것일까? 그녀는 그들을 누구와 착각하고 있을까?

여자는 그들에게 모든 것을 주었다. 알지도 못하는 그들, 그녀의 가여운 아이들에게 줄 수 있는 모든 것을. 아이들은 귀신처럼 흰 얼굴을 하고 있었다. 새벽안개 속에서 아이들은 웃는 것처럼도, 우는 것처럼도, 심지어는 아무런 표정을 가지고 있지 않은 것처럼도 보였다. 여자의 몸뚱이에서 풍기는 눅눅한 노화의 냄새는 아이들에게 닿지 않을 것이다. 여자는 안심한다. 하지만 아이들은 털 한 올 없는 그녀의 다리, 가느다란 음모 몇 올만이 남은 그녀의 음부를 보고 그녀를 경멸하고 있을지도 모른다. 그들 이전에는 한 번도 누군가에게 보일 일이 없었던 음모.

여자는 영원할 것 같은 슬픔을 주고받는 젊은 남녀가 나오는 로맨스 드라마와 소설을 성경을 읽듯 탐독하곤 했다. 그들에겐 아이가 없었고, 혹여 아이가 나오기라도 하면 여자는 로드킬당한 짐승의 사체를 보듯 곧바로 시선을 돌려버렸다. 그녀 자신은 속해있지 않은, 젊고 아름다운 남녀만이 젊고 아름다운 키스를 나누는 판타지 속에서도 아이는 등장하지 않았다. 그런데 이 아이들은 어디서 온 것일까? 그녀의 악몽 속에서? 생기 넘치는 바퀴벌레들과 피투성이 침입자들이 드글거리는 그곳에서? 아니, 그곳에서조차 여자는 아이를 본 적이 없었다. 게다가 아이들이라니. 그들은 무엇을 위해 찾아왔단 말인가? 그녀를 그녀처럼 헐벗고 추레한, 늙은 나무에 매달고 처형하기 위해? 그녀가 그녀 자신으로부터 평생 들어온 말을 가지고? 여자는 그들에게 정말 모든 것을 주었다. 그녀가 줄 수 있는 모든 것을. 심지어는 지독한 배고픔까지도.

아이들은 까마귀처럼 검고 성숙한 눈으로 여자를 바라보고 있었다. 여자는 아이들이 점점 가까워지는 듯한 느낌을 받았다. 어쩌면 아이들은 가까워지는 것이 아니라 점점 자라나고 있는 것인지도 몰랐다. 여자가 이해할 수 없는 방식과 속도로. 그러나 그것이 여자와 무슨 상관이 있단 말인가? 사실 여자는 아무런 고민도 할 필요가 없었다. 아이들은 그녀에게 아무런 피해도 끼칠 수 없을 테니까. 그녀는 이미 죽었다. 그녀는 모든 생명이 배설물과 함께 배설되어버린 시체에 불과했다.

자궁 속에서 익사해 죽어버린 시체들. 그것이 아이들의 정체일지도 몰랐다. 아이들은 흰자와 동공의 구분 없이 새하얀 눈을 하고 있다. 양의 자궁에서 뽑혀 나온 귀신들. 아이들이 비명처럼 웃고 있다. 아이들은 이름도 알지 못하는 장소를 그리워하고 있다. 이름을 받기도 전에 쫓겨나온 곳을. 아이들은 영원히 고향을 찾아 떠돈다. 귀신들의 고향인 죽음을 찾아.

그렇다면 여자는 죽음일까? 여자는 죽음 이외에는 아무것도 될 수 없는 것일까? 그녀는 이미 죽었지만 죽음이 무엇인지도 제대로 몰랐다. 해갈되지 않는, 더러운 슬픔. 여자는 기억조차 나지 않는 곳으로 돌아가고 싶었다.

그녀는 너무나 추웠다. 혹은 너무 더워서 견딜 수가 없었다. 외로운 것이 고귀하기보다는 천박한 이 공허 속에서 정확히 무엇을 느껴야 할지 그녀는 알 수 없었다.

여자가 지금보다 어렸을 때 동네에 살던 화가 남자가 그녀에게 그림을 그려 주었다. 캔버스 위의 여자는 믿을 수 없을 만큼 희고 아름다웠다. 칼날처럼 핏기를 머금고 있는 검은 눈. 그녀는 여자를 조금도 닮지 않았다. 남자가 그린 것이 누구인지는 알 수 없지만, 적어도 그것은 여자는 아니었다. 그런데도 남자는 여자에게 그 그림을 주었다. 여자에게, 다른 누구도 아닌, 아직 늙지 않았던 여자에게 그녀를 선물했다. 그러므로 그녀는 여자의 것이었다. 남자가 여자에게 무엇을 바라고 그녀를 선물했을지는 알 수 없다. 어쩌면 그는 여자가 그녀를 닮아 가기를, 여자가 섬세하고 능숙한 솜씨로 화장을 하고 옷을 갈

아입고 머리 스타일을 바꿔서 그녀처럼 되기를 바랐던 것일지도 몰랐다. 그러나 여자는 끝내 그녀를 닮지 않았고 그녀를 닮은 것을 낳지도 못했다.

화가 남자는 어느 순간 사라졌다. 어디로 갔는지 알 수 없다. 정확히 언제 사라졌는지도 기억나지 않는다. 여자에게 중요한 것은 화가가 아니라 그가 그린 그림, 그가 그린 그림 위에서 섬뜩한 무표정으로 여자를 응시하고 있는 그녀였으니까.

배고파, 하고 아이들이 말한다.
더, 더, 더 달라고 아이들이 말한다.
겨우 이따위 말장난을 위해서 그들은 살아 있는 것일까? 이 빌어먹을 농담을 섭취하고 구토하기를 반복하기 위해서 그녀는 여기를 견뎌내고 있는 걸까? 선후관계는 아무래도 상관없다. 그녀는 그저, 그만두고 싶을 뿐이다. 그만두고 싶다는 간절한 희망과 투쟁하고 있을 뿐이다. 대체 무엇을 위해서? 아이들? 그녀가 낳은 적도 없는 아이들을 위해서? 혹은 죽음 그 자체를 위해서?
사실은, 아무것도. 그녀가 바라는 것은 아무것도 아니다. 자신들이 뱉은 말을 게걸스럽게 탐하는 귀신 아이들과는 비교도 되지 않을 정도로 그녀는 이미 죽어있다. 아이들은 그녀에게서 아무것도 얻을 수 없을 것이다. 그녀는 텅 비었고, 심지어 그녀가 원하는 것마저도 텅 비어 있으니. 절망적인 공허, 자궁과 연결되어 있지 않은, 그저 시체의 입과 구불구불한 내벽으로 이어져 있을 뿐인 괴물의 구멍. 구멍투성이 몸으로 여자는 생리혈을 흘린다. 그녀의 팔과 배, 다리와 둔부를 가득 메운 더러운 구멍에서 피가 새어나온다.

   그녀는 이미 죽었고 더 죽어가고 있다. 무엇을 죽는지도 알지 못한 채. 그녀의 텅 빈 머리는 아무런 생각도 하지 못한다. 그녀의 혀는 언어를 잊었고 더욱 잃어가고 있다. 아이들이 배고프다고 흐느끼는 소리. 자신들의 흐느낌 자체를 조롱하듯 웃으면서 다가오는 소리. 귀신의 발소리. 저벅저벅. 여자는 허공에 희게 매달린 채 그녀가 감내해야만 하는 죽음을 세고 있다. 저벅저벅. 하나, 둘, 셋, 하고. 그러고는 다시, 하나, 둘. 언어를 잊어버린 그녀의 셈은 갈수록 줄어든다. 숫자가 멎어버리는 순간 그녀는 다시 불가능한 셈을 시작할 것이다.

교실

 더, 더, 더, 더, 더 사랑받고 싶었다. 그녀는 스타가 되고 싶었다. 29번 채널에 출연해서 그곳에 뜬 거대한 태양보다도 더 눈부신 배우가 되고 싶었다. 김현경은 돼지들이 그녀를 데리러 오기를 기다렸다. TV의 세계에 속하게 되는 일, 그것(만)이 그녀가 기다리는 내일이었다.
 그녀는 노력했다. 매일 TV를 켜고 화면 속을 부유할 은밀한 문자열들을 찾아내려 눈물이 흐를 때까지 화면을 바라보았다.
 개하고 말도 고추가 있어. 근데 식탁이랑 의자에는 없어.
 금발의 서양 남자아이가 소리친다.
 그래. 그게 사물과 사물 아닌 것을 구분하는 기준이란다. 구부정한 남자가 나른한 목소리로 말한다.

나도 고추가 있어. 남자아이가 유치한 만족감을 과시하며 말한다.

김현경은 점멸하는 화면 어딘가에 그녀를 위한 비밀스러운 암호가 있을 것이라 믿었다. 오직 그녀만을 위한 초대장이. 그녀는 TV에 속하기 위해 태어났으니까. 김현경은 TV에 등장하는 꼬마 한스와 늙은 고목과 양철지붕과 더러운 비둘기와 포동포동한 아기 돼지들, 무엇의 것인지 알 수 없는, 길고 어렴풋한 그림자와 그녀 자신 사이의 유사성을 집요하게 탐색했다. 유사한, 그러나 무의식적인 집요함으로 베개 귀퉁이를 빨아대면서.

베개 한쪽이 그녀의 침으로 축축하게 젖어들었다. 그녀는 물고기가 물을 믿듯, 어린아이가 영원한 행복을 믿듯, 그네의 규칙적인 흔들림 속에서 계속될 한낮의 꿈을 믿듯이, 그렇게 끈질긴 확신을 가지고 TV를 보았다.

언젠가는 발견할 수 있을 것이라고 김현경은 생각했다. 베개를 물어뜯으면서. 베갯잇의 부드럽고 차가운 면이 그녀의 혀를 자극했다. 그녀는 더 깊이, 질식할 정도로 깊이 삼키고 싶었다.

그녀의 어린 시절 형성된 인간관계 이외에 김현경에게는 어떠한 외부도 없었다. 초등학교에서도 김현경은 TV 속 영상들만을 생각했다. 그녀는 추상적인 이미지로 남은 영상의 기억들을 갖가지 방식으로 세분화하고 재조합하고 무너뜨리고 뒤섞으며 시간을 보냈다. 내부세계를 샅샅이 훑어보는 그녀의 눈은 과거의 과장된 이미지들을 탐욕스럽게 빨아대는 노인의 것처럼 멍하게 풀려 있었다. 아이들과 선생님은 그녀가 머릿속의 다채로운 관념 대신 즐길 수 있을 만큼 매혹적인 자극을 주지 못했다.

TV 이외에, TV가 불러일으키는 집착적인 환상과 희망 이외에, 그 무엇도 김현경을 유혹하지 않았다. (누군가 그녀를 적극적으로 유혹하려 했다면 그녀는 놀랄 만큼 쉽게 넘어갔을 것이다. 그녀는 늘 목이 말랐으니까. 끔찍하게 목말랐으니까)

반 아이들은 김현경을 내부 세계의 깊은 심연으로부터 구해내는 대신 완전히 무시하는 방법을 택했다. 그편이 훨씬 간단했으니까. 낮은 김현경에게 길고 기이한 잠-백일몽을 음미하는 시간이었다. 학교에서, 등하교길에서 그녀는 거의 아무것도 듣지 않았고 보지도 않았다. 만지지도 않았고 만져지지도 않았다. 그녀는 듣는 것과 보는 것, 만지는 것과 들리는 것과 보이는 것, 만져지는 것을 갈급하게 상상하면서 그 끔찍한 욕망을 벌충했다. 어린 돼지가 그녀의 손을 잡고 머리를 쓰다듬으며 입맞추기를. 분홍색의 매끈한 살이 그녀의 내부로 밀려들어오기를. 그것이 그녀에게 사랑한다고, 너를 기다렸다고, 우리는 너를 기다렸어, 네가 필요해, 하고 말하기를, 가장 불쾌한 쾌락이 그녀를 황홀하게 하기를. 그녀는 무표정하게 칠판을 향해 불투명한 눈동자를 열어젖힌 채로 상상했다.

    교실에 처음 들어오는 순간, 그녀는 처음으로 예감했다. 자신들만의 무리를 지으며 유치하고 잔혹한 자만이 섞인 말들을 은밀하게 주고받는 아이들을 보는 순간, 그녀를 남겨둔 채 엉겨붙고 마찰하고 이어지는 피부를 보는 순간. 아니, TV 속에서 그녀를 버려두고 서로의 내부에 침입하는 한 쌍의 언어를 발견한 순간, 그녀가 아닌 이름들을 부르는 소리를 들었던 순간부터, 그녀는 예감했을지도 몰랐다. 그녀는 입 맞출 수 없을 것이다. 아무도 그녀를 부르지 않을 것이다. 아무도 그녀를 유혹하지 않을 것이다. 그녀의 유혹에 아무도 응하지 않을 것이며 그녀의 부름에 아무도 대답하지 않을 것이며 그녀의 혀를 아무도 삼키지 않을 것이다.

    아무것도 느껴지지 않는 피부에 끈적하고 친밀한 자극이 와닿기를 절박하게 바라면서 그녀는 예감한다. 아무것도 그녀에게 입맞추지 않을 것이다. 어떤 낯선 말도 그녀의 입속 점막에 마찰되지 않을 것이다. 어떤 낯선 몸도 그녀의 입에서 흘러나온 젖은 언어와 마찰하지 않을 것이다. 김현경은 예감했을 것이다. 어린아이에게 가능한 예민하고 어렴풋한 언어로, 그녀는 예감했을 것이다.

그럼에도 김현경은 기다리는 것을 멈출 수 없었다. 바라는 것을 멈출 수 없었다. (영원히, 이 문장들은 집요하게 반복될 것이다.)

김현경이 아무런 노력도 하지 않은 것은 아니었다. 김현경은 가장 소심하고 조용해 보이는 아이를 골라 매일 그 애에게 다가가 인사를 해 보기도 했다. 그러나 조용한 아이는 그녀에게 거의 대답하지 않았다. 아무리 말을 이어나가려 해보아도 그랬다. 김현경은 조용한 아이가 그녀보다 더 대화에 서툴다고 생각했다.

김현경은 조용한 아이를 이끌어내기 위해 끈질기게 그 아이의 책상으로 찾아갔다. 김현경이 화장실에 다녀오는 사이, 보다 활기찬 아이가 조용한 아이에게 다가가 말을 걸었다. 조용한 아이는 환한 얼굴로 작은 새처럼 수다를 떨었다. (김현경은 뒷문을 막고 선 채로 그들의 대화를 멍하니 지켜보았다) 김현경은 끔찍하게 상처받았다.

급식실에 모여 앉은 아이들 틈에 일부러 끼어들어가 말을 걸어본 적도 있었다. 그들은 김현경을 재밌어했다. 귀엽고 괴상한 장난감을 가지고 놀 듯, 그들은 김현경의 머리칼과 셔츠를 더듬거리고 김현경이 감당할 수 없을 정도로 많은 질문들을 쏟아부었다. 김현경이 언어와 목소리의 홍수 속에서 허우적거리며 간신히 대답을 마쳤을 때, 김현경이 앉아 있던 급식실 테이블 주위는 텅 비어 있었다.

  김현경은 그런 노력이 모욕 이외에는 아무것도 가져다주지 않음을 인정해야만 했다. 아이들의 친밀하고 내밀한 언어로부터 조금 떨어진 곳에서, 혼잣말로 증폭된 머릿속 동굴의 메아리들과 멀리서 희미하게 들려오는 아이들의 목소리의 혼합물을 풍경을 감상하듯 멍하게 듣고 있을 때야 김현경은 교실에 가장 편안한 방식으로 머물 수 있었다. 절망적인 굴욕과 체념 속에서 내부세계의 색채 멍울들을 유령의 부드러운 손으로 휘저으며 쉬고 있을 때, 속하려 하지 않을 때, 그녀는 비로소 교실에 가장 근접한 방식으로 속했다. 아이들은 구태여 김현경을 모욕하러 찾아오지 않았고 김현경은 냉소의 거리 속에서 편안하게 망상의 세계를 항해했다.

거리

 맹수들이 걷는다. 그들 주위에는 그들을 제재할 만한 어떤 안전장치도, 심지어는 작은 울타리마저도 없다. 맹수들이 걷는다. 아무런 소리도 없이, 오직 순응적인 침묵과 함께. 그러나 그들은 언제든 뛰쳐나갈 수 있다. 막연한 불안감에 시달리면서도 맹수들을 조롱하듯 그들의 행렬 양옆으로 죽 늘어선 사람들을 향해 달려나가 인간의 연약한 목덜미를 물어뜯고 복수할 수 있다. 그들은 언제든지 그렇게 한 뒤 사살당할 수 있다. 본능에 의지한 한 번의 도약이 그들을 죽음으로 이끌 것이다. 하지만 옥상 난간에 위태롭게 서 있는 슬픈 사람이 그렇듯 그들은 쉽게 뛰쳐나가지 못한다. 그들은 이 행렬이 끝나면 결코 오지 않을 기회를 천천히 지나치며 걷고 있다. 소득 없는 기다림이 끝나면 그들은 다시 갇힌 채 영원을 살아야만 할 것이다. 끔찍한 고독과 방치, 그들이 죽음을 집행할 수 없었던 낯선 고기들과 조롱을 닮은 연민을 견뎌내야만 할 것이다. 지금 도약한다면 견뎌낼 필요가 없는 것들을.

  맹수들이 걷는다. 그들이 무엇을 지나치고 있는지도 알지 못한 채. 자신들을 스쳐지나가는 유령의 송곳니를 느끼지 못하는 군중들이 그들을 구경하고 있다.

빗속

아무것도 알지 못하는, 혹은 모든 것을 알고 있는 여자가 더러운 빗속을 걷는다. 그녀의 머리칼과 옷이 짙은 색으로 젖어 들어간다. 빗방울 하나하나가 그녀의 둥그렇고 텅 빈 얼굴을 비추고 있다. 얼마나 오래 그녀는 비어 있었던 걸까. 얼마나 오래 그녀는 비어 있어야 하는 걸까.

밤하늘은 거대한 검은 구멍이라고 여자는 생각한다. 하늘 위에는 그녀를 굽어보는 완벽한 눈도 매혹적인 다른 세계도 없다. 그저, 어둡거나 밝을 뿐이다. 시시때때로 바뀌는 색채는 그녀에게 어떠한 영향도 끼치지 못한다. 그녀를 적시고 무겁게 하는 빗방울들이 얼마 지나지 않아 어떤 흔적도 남기지 않고 증발해 사라져버릴 것처럼. 다만 어떤 불쾌한 냄새만이 잔향처럼 남을 뿐일 것이다.

그녀는 이미 알고 있다. 그녀가 걸어가는 곳 끝에는 그녀가 걸어왔던 곳이 있으리라는 것을. 그녀가 지나치는 구불구불한 원은 그녀를 끌어안지 않는다. 그녀는 그 원을 닮은 것에 속해 있지 않다. 그녀는 그것 위를 걷고 있을 뿐이다. 비는 그녀를 향해 내리지 않는다. 비는 제 무게를 견디지 못해 추락하고 있을 뿐이다. 그녀는 그녀의 가슴 속에서 추락하는 것들의 선뜩한 감각을 느낀다. 그녀는 스스로가 추락하는 것들의 차가운 얼굴을 닮았을지 자문한다. 알 수 없다. 그녀의 얼굴을 포착한 빗방울들은 그녀와 눈맞춤하지 않고 순식간에 사라진다. 추락한다. 깨지는 대신 젖어 스며들면서.

그을은 유리창을 열고 검은 얼굴의 괴물이 그녀에게 말을 건다.

널 데리러 왔어.

그녀는 그것의 상투적인 흰빛 속으로 빨려들어간다.

괴물들이 그녀를 향해 양팔을 벌리며 환영한다고 말한다. 너는 이제 우리야. 너는 이제 아무것도 관찰하지 않아도 돼. 너는 우리니까. 너는 이곳에 있어. 이곳은 모든 다른 곳이야.

이곳은 천국이고 지옥이고 외계고 우주고 낙원이고 너에게 등을 돌렸던 아이들의 부드러운 입속이고 더는 차가운 표면만이 아닌 하늘의 내장이야.

그녀는 그들 속에서 무엇을 해야 할지, 무슨 말을 해야 어색하지 않을지, 어떤 자세를 취하고 얼마나 자주 눈꺼풀을 깜빡여야 이방인처럼 보이지 않을지 걱정하지 않는다. 그녀는 그들이니까. 그들이 그렇게 말했으니까. 그녀는 그들이 느끼는 것을 느끼려고, 느끼는 척하려고 애쓰지 않는다. 그녀가 계속해서 죽음에 대해 생각하고 있다는 것을, 강렬하고 화려한 죽음을 염원하면서 보편적인 죽음을 두려워하는 것을 들키지 않으려 애쓰지 않는다.

그녀가 그들의 끈적한 피부 속으로 녹아든다. 그것들이 그녀의 검은 구멍들 속으로 녹아든다.

그들이 그녀의 입으로 말한다. 우리는 너를 사랑해. 네가 너 자신을 사랑하듯이. 우리는 서로를 죽일 수 있을 거야. 우리는 마침내 여기를 떠날 수 있을 거야. 안정과 지속과 권태에 대한 정신 나간 불안이 너를 무의미하게 살해해대는 일도 더는 없을 거야. 우리는 네 죽음을 보고 있어. 우리는 네 죽음을 이해해. 네가 언뜻언뜻 진심을 드러낼 때마다 성의 없는 감탄사를 내뱉으며 불가해하고 무기질적인 눈으로 너를 의미 없이 반사하기만 할 뿐인, 그리고 아무런 대답도 남기지 않고 떠나갈 뿐인 사람들도 없을 거야. 대신 우리가 여기에 있어. 우리가 다른 모든 곳에, 이제 여기가 된 그곳에 있어.

  그들이 여자의 입술로 웃는다. 그들이 여자의 몸으로 침잠한다. 그들은 반대편의 중력으로 추락하는 비행접시 속에서 수면제를 먹고 잠든 채 익사하는 자살자의 악몽을 꾼다.

  그들은 그녀의 목소리로 이 악몽이 영원할 것이라고 속삭인다.

  여자가 빗속을 걷는다. 여자의 몸은 비어 있다. 머리와 폐, 위와 자궁 모두. 그녀의 몸 속에 잠시 머물렀다가 휘발되어버리는 이미지들. 악몽의 파편들. 그녀는 영원을 믿지 않으면서도 이렇듯 텅 비어버린, 가질 수 없는 것들을 향해 열려 있는 상태가 영원할 것이라고 생각한다. 기껏해야 닫히기나 할 것이다. 닫히고 난 뒤에도 그녀는 텅 빈 몸으로 악몽을 꿈꿀까? 빗방울들이 드러난 여자의 살갗을 냉기로 할퀴며 흘러내린다. 그녀는 걷는다. 걷고 있다. 완전히 멈추어버리기 전까지 그녀는 계속해서 걸을 것이다.